2005년도
제19회 소월시문학상 작품집

2005년도
제19회 소월시문학상 작품집

문학사상사

제19회 소월시문학상 대상 수상작 선정 이유서

**문학사상사 주관 2005년도 소월시문학상 대상 수상작
박정대의 〈아무르 강가에서〉 외 13편 선정**

　문학사상사 제정 소월시문학상 제19회 대상 수상작으로 박정대 시인의 〈아무르 강가에서〉 외 13편을 선정한다.

　박정대 시인의 수상 작품은 뛰어난 시적 감수성과 능숙한 시어 구사, 그리고 삶에 대한 심오한 성찰과 사물에 대한 폭넓은 시야가 돋보이는 매우 뛰어난 시 작품이다.

　또한 그의 시 세계는 스케일이 크고 선이 굵으며 삼라만상을 넉넉하게 포용하고 있으면서도, 진솔한 영혼의 울림과 감동을 준다는 점에서도 높은 평가를 받았다.

　특히 그의 시는 정치한 미시적 관찰보다는 거시적인 관조의 여유를 보여주고 있으면서도 치밀한 구성과 치열한 고뇌로 이루어져 있다. 이에 뛰어난 기교와 믿음직스러운 역량을 발휘한 〈아무르 강가에서〉 외 13편을 심사위원 전원 일치로 제19회 소월시문학상 대상 작품으로 선정한다.

2004년 4월

소월시문학상 심사위원회

김광규 · 김남조 · 김성곤 · 김승희 · 유안진

제19회 소월시문학상 특별상 수상작 선정 이유서

문학사상사 주관 2005년도 소월시문학상 특별상 수상작
김춘수의 〈쥐오줌풀〉 외 9편 선정

김춘수 시인은 해방 이후 팔십 고령에 이른 오늘날에 이르기까지 한결같은 시 창작 활동을 통하여 한국 시의 발전에 크게 공헌했을 뿐 아니라, 한국 시단의 원로 시인으로서, 한국 시문학사에 길이 빛날 〈꽃〉을 비롯한 수많은 명시들을 발표해 왔다.

특히 금년도에 발표한 〈쥐오줌풀〉 외 9여 편의 작품들은 모두 사물에 대한 고도로 절제된 감정을 탁월한 시어로 엮어낸 것으로 평가되며, 일상의 사소한 편린들 속에서도 인생의 진리를 찾아내며 만남과 떠남, 또는 합일과 이별 속에서 삶의 의미를 찾게 하는 심오한 작품 세계를 보여주었다.

특히 잘 빚어져 한 편의 탁월한 애송시가 될 만한 〈쥐오줌풀〉에서도 김춘수 시인은 삶에 대한 관조와, 우주의 섭리에 대한 뛰어난 통찰을 잘 보여주고 있다.

이에 심사위원들은 김춘수 시인의 탁월한 시 작품과 한국 시문학에 끼친 공헌을 기리며, 빼어난 명시로 평가되는 〈쥐오줌풀〉 외 9편을 제19회 소월시문학상 특별상 작품으로 선정한다.

2004년 4월

소월시문학상 심사위원회

김광규 · 김남조 · 김성곤 · 김승희 · 유안진

차례

대상 수상작

박정대

대상 시인의 자선 대표작

박정대
아무르 강가에서 외

1965년 강원 정선 출생.
고려대 국문과 졸업.
1990년 《문학사상》 신인상 등단.
시집 《단편들》《내 청춘의 격렬비열도엔 아직도 음악 같은 눈이 내리지》.
김달진문학상 수상.

아무르 강가에서

그대 떠난 강가에서
나 노을처럼 한참을 저물었습니다
초저녁별들이 뜨기엔 아직 이른 시간이어서, 낮이
밤으로 몸 바꾸는 그 아득한 시간의 경계를
유목민처럼 오래 서성거렸습니다

그리움의 국경 그 허술한 말뚝을 넘어 반성도 없이
민가의 불빛들 또 함부로 일렁이며 돋아나고 발밑으로는
어둠이 조금씩 밀려와 채이고 있었습니다, 발밑의 어둠
내 머리 위의 어둠, 내 늑골에 첩첩이 쌓여 있는 어둠
내 몸에 불을 밝혀 스스로 한 그루 촛불나무로 타오르고 싶
었습니다

그대 떠난 강가에서
그렇게 한참을 타오르다 보면 내 안의 돌멩이 하나
뜨겁게 달구어져 끝내는 내가 바라보는 어둠 속에
한 떨기 초저녁별로 피어날 것도 같았습니다

그러나 초저녁별들이 뜨기엔 아직 이른 시간이어서
야광나무 꽃잎들만 하얗게 돋아나던 이 지상의 저녁
정암사 적멸보궁 같은 한 채의 추억을 간직한 채

나 오래도록 아무르 강변을 서성거렸습니다

별빛을 향해 걷다가 어느덧 한 떨기 초저녁별로 피어나고
있었습니다

삶의 기원

쿠르베의 그림 〈세계의 기원〉*을 보았나요, 나는 나의 기원
을 찾아가는 밤입니다

생의 우울을 치료하기 위해 라벤더 香을 찾아가는 밤, 음악
은 〈님은 먼 곳에〉이구요

그 음악을 한 장 넘기고 나면 펼쳐지는 바다, 한낮의 꿈속에
서 보았던, 종려나무 나란히 어깨동무하고 지키고 있던 바다,
구름은 옥양목 빛깔이었구요, 아직 이름 붙여지지 않은 채 불
어오던 未來, 내가 그대라고 명명한 투명한 생의 펄럭임들

어느 객주집 생선가시가 있는 마루방에서 만났던 여자 千姬
를 노래했던 백석은 도요가 씨양씨양 운다고 했었나요

삶은 고조곤히 저 스스로의 기원을 찾아가는 밤입니다 나는
나의 나귀를 타고 씨양, 아직 태어나지도 않은 그대를 찾아가
는 밤입니다

---

*〈세계의 기원〉: 구스타브 쿠르베 작. 1866년 터키인 외교관 칼릴 베이로부터
의뢰를 받아 사진처럼 사실주의 방법으로 그린 작품으로, 털이 수북하게 난
여자의 성기를 주제로 했다.

그 깃발, 서럽게 펄럭이는

기억의 동편 기슭에서
그녀가 빨래를 널고 있네, 하얀 빤스 한 장
기억의 빨랫줄에 걸려 함께 허공에서 펄럭이는 낡은 집 한 채
조심성 없는 바람은 창문을 마구 흔들고 가네, 그 옥탑방

사랑을 하기엔 다소 좁았어도 그 위로 펼쳐진 여름이
외상장부처럼 펄럭이던 눈부신 하늘이, 외려 맑아서
우리는 삶에,
아름다운 그녀에게 즐겁게 외상지며 살았었는데

내가 외상졌던 그녀의 입술
해변처럼 부드러웠던 그녀의 허리
걸어 들어갈수록 자꾸만 길을 잃던 그녀의 검은 숲 속
그녀의 숲 속에서 길을 잃던 밤이면
달빛은 활처럼 내 온몸으로 쏟아지고
그녀의 목소리는 리라 소리처럼 아름답게 들려왔건만
내가 외상졌던 그 세월은 어느 시간의 뒷골목에
그녀를 한 잎의 여자로 감춰두고 있는지

옥타비오 빠스를 읽다가 문득 서러워지는 행간의 오후
조심성 없는 바람은 기억의 책갈피를 마구 펼쳐놓는데

내 아무리 바람 불어간들 이제는 가 닿을 수 없는, 오 옥탑 위의
옥탑 위의 빤스, 서럽게 펄럭이는
우리들 청춘의 아득한 깃발

그리하여 다시 서러운 건
물결처럼 밀려오는 서러움 같은 건
외상처럼 사랑을 구걸하던 청춘도 빛바래어
이제는 사람들 모두 돌아간 기억의 해변에서
이리저리 밀리는 물결 위의 희미한 빛으로만 떠돈다는 것
떠도는 빛으로만 남아 있다는 것

사곶 해안

고독이 이렇게 부드럽고 견고할 수 있다니
이곳은 마치 바다의 문지방 같다
주름진 치마를 펄럭이며 떠나간 여자를
기다리던 내 고독의 문턱
아무리 걸어도 닿을 수 없었던 生의 밑바닥
그곳에서 橫行하던 밀물과 썰물의 시간들
내가 안으로, 안으로만 삼키던 울음을
끝내 갈매기들이 얻어가곤 했지
모든 걸 떠나보낸 마음이 이렇게 부드럽고 견고할 수 있다니
이렇게 넓은 황량함이 내 고독의 터전이었다니
이곳은 마치 한 생애를 다해 걸어가야 할
광대한 고독 같다, 누군가 바람 속에서
촛불을 들고 걸어가던 막막한 생애 같다
그대여, 사는 일이 자갈돌 같아서 자글거릴 땐
백령도 사곶 해안에 가볼 일이다
그곳엔 그대 무거운 한 생애도 절대 빠져들지 않는
견고한 고독의 해안이 펼쳐져 있나니
아름다운 것들은 차라리 견고한 것
사랑이 썰물처럼 빠져나간 뒤에도
그 뒤에 남는 건 오히려 부드럽고도 견고한 生
백령도, 백 년 동안의 고독도

규조토 해안 이곳에선
흰 날개를 달고 초저녁별들 속으로 이륙하리니
이곳에서 그대는 그대 마음의 문지방을 넘어서는
또 다른 生의 긴 활주로 하나 갖게 되리라

그런 건 없겠지만, 사랑이여

1 그런 건 없겠지만, 아주 먼 저편이여

불필요한 공기 속에 나는 지금 있어, 공기들의 파동을 타고 들려오는 저 늙은 짐승의 울음소리

―소음과 음악은 구분되어야 해, 이 늙은 세상은 지금 온통 소음뿐이야!

음악으로만 당도할 수 있는 곳 그래서 내 정원은 아주 먼 저편에 있네

2 그런 건 없겠지만, 음악이여

어린 시절 나는 열렬하게 호랑이를 꿈꾸곤 했었다, 동강의 그 아욱 덤불 숲이나 가리왕산 숲 속에 사는 밤색 빛깔의 호랑이가 아닌, 오직 말 탄 무사들만이 맞닥뜨릴 수 있는 줄무늬가 있고, 아시아적인 호랑이. 나는 시간 가는 줄도 모르고 동물원의 한 우리 앞에 서 있기 일쑤였다, 나는 호랑이들의 위풍이 어떠한지 찾아보려고 방대한 백과사전들과 생물도감들을 뒤적거려 보곤 했다(나는 아직도 그 형상을 잊을 수가

없다, 왜냐하면 나는 어떤 여자의 이마나 미소를 완벽하게 기억하는 그런 사람이기 때문이다), 유년기가 지났고, 호랑이와 그것에 대한 열정 또한 시들해져 버렸다, 그러나 여전히 나의 꿈속에는 그것들이 남아 있다, 가라앉아 있고, 혼란스러운 그 검은 삼각주에서 여전히 호랑이들은 사방에 서식하고 있고, 또한 그럴 수밖에 없었다, 왜냐하면 잠이 들면 어떤 꿈이 됐든 간에 빠져들게 되고, 곧 그것이 꿈이라는 것을 알 수 있었기 때문이다, 그래서 나는 이렇게 생각하곤 한다, 이것은 꿈, 내 마음대로 즐길 수 있는 완벽한 음악이며, 나는 무한한 능력을 가지고 있기 때문에 나는 한 마리 호랑이를 만들 수 있으리라

그러나 아, 나의 무능함이여, 나의 꿈들은 내가 그토록 갖기를 바라는 그 맹수를 결코 탄생시킬 줄 모른다, 내 꿈에 호랑이가 나타나기는 나타난다, 그것은 사실이다, 그러나 그 영상은 해체되어 있거나, 약하기 그지없거나, 온전치 못한 형상을 가졌거나, 감당할 수 없는 크기를 가졌거나, 쉽게 흐트러져 버리고, 개나 새를 닮은 그런 호랑이다

3 그런 건 없겠지만, 琵琶여

내가 꿈꾸는 세계는 하나의 거대한 비파

호랑이들의 정원도 그 비파 속에 있다네, 비파 속 정원에선 밤마다 달이 뜨고 가을이 되면 호랑이들 뚝뚝 떨어지네

비파 속 정원에서 무사들은 사랑하는 사람을 벨 수 없어 밤마다 자신의 心琴을 연주하네

호랑이들의 비파 속 정원에는 커다란 오동나무가 있어 비가 올 때마다 따스한 호롱불의 심지가 돋아나네 불꽃의 음악, 바람이 불 때마다 누군가 창가에서 음악을 듣네

나뭇잎 호랑이들이 단풍 들어가는 비파 속 정원에는 끝내 잠들지 못하는 내가 있네, 내가 누워서 바라보는 뚝뚝 낙엽 지는 天井의 달빛이 있네

4 그런 건 없겠지만, 사랑이여

그런 건 없겠지만, 사랑이여 그대가 없어도 혼자 담배 피우
는 밤은 오네

보르헤스의 책을 펼쳐놓고 〈꿈의 호랑이들〉을 읽는 밤은
오네

밤이 와서 뭘 어쩌겠다는 것도 아닌데 깊은 밤 속에서 촛불
로 작은 동굴을 하나 파고 아무도 읽지 않을 시를 쓰는 밤은
오네

창밖에는 바람이 불고 가끔 비가 내리기도 하겠지만

내 고독이 만드는 음악을 저 홀로 알뜰히 듣는 밤은 또 오네

한때 내가 사랑했던 그대, 통속소설처럼 떠나간 그대는

또 다른 사람 품에서 사랑을 구하고 있겠지만

이제는 아무리 그대를 생각해도 더 이상 아프지도 않아

나는 아프네, 때로는 그대와의 한 순간이 내게 영원으로 가
는 길을 보여줬으니

미안해하지 말게, 사랑이여, 그런 건 없겠지만, 그래도 사랑
이여

그대에 대한 짧은 사랑의 기억만으로도 나는 이미 불멸을
지녔네

5 그런 건 없겠지만, 가을이여

가을이 되니 호랑이들이 아프네, 서울대공원에서 나는 보
았네
아파서 울고 있는 호랑이들을, 도처에 신음처럼 흩날리던
호랑이들을
지상의 곳곳에 그대들 쓰러져 누워 있는 오후, 나는 케이블
카를 타고 그대들 머리 위를 지나왔네
음악은 없고 그림만 널려 있는 세상, 케이블카 위에서 나는
비명처럼 외로웠네
그대들 하염없이 흩날리며 사라져가던 가을의 숲
그 굵은 나무둥치에 머리를 박고 나 사제처럼 오래 기도했네
언제나처럼 태양은 또 내 머리 위에서 대낮처럼 빛나고 있
었지만
언제나처럼 바람은 또 내 노래를 허공의 저편으로 실어 나
르고 있었지만
나는 내 배낭 가득히 상처 입은 호랑이들을 주워담고
가파른 가을, 이 地上의 정원에서 여전히 배회하고 있었네

---

* '2 그런 건 없겠지만, 음악이여'의 내용은 보르헤스의 〈꿈의 호랑이들〉을
좀 고쳐서 인용하였다.

가을 저녁寺

나는 걸어서 가을 저녁寺에 당도합니다

한 사내가 물거울에 자신의 낯을 비추어보며 추억을 빨래하고 있는 가을 저녁입니다

잉걸불처럼 타들어가는 개심사 배롱낭구 꽃잎에는 어느 먼 옛날 백제 처녀의 마음도 하나 들어 있을 테지요

저녁 예불 드리던 개심사 범종 소리는 서른두 번째에서 한참을 머뭇거립니다 마지막 종소리는 가을 저녁寺로 불어오는 바람에게나 내어주고요

가을 저녁寺에 호롱불이 돋는 地上의 유일한 저녁입니다

한 사내가 연못거울에 어두워지는 낯을 비추어보며 끝내 자신이 걸어가 당도할 집을 생각하는 참 고요하고 투명한 가을 저녁입니다

나는 걸어서 가을 저녁寺를 내려옵니다

망기타

1 망기타

나 지금 망기타를 듣고 있어
영화 타락천사에서 관숙이가 불렀던 그 노래
나 지금 줄 하나가 끊어진 내 기타 옆에 물끄러미 앉아
망연히 망기타를 듣고 있어, 뭐 하니, 타락하고 싶어
나 지금 문을 열고 나가 비 내리는 저녁과 몸 섞고 싶어
너와 함께 저 어둠 속으로 아득히 흘러가고 싶어
나 지금 망기타를 들으며 망가지고 있어, 넌 뭐 하니
이렇게 계속 망가지다 보면 내 꿈길의 입구마저 황폐해질
텐데
나 지금 망기타를 들으며 내 폐허의 침대 위를 뒹군다
관숙이의 목소리가 자꾸만 나를 침대 위로 쓰러트려
나 지금 내 몸속의 물결이 비 맞는 소릴 듣고 있어
뭐 하고 있니, 이 달빛도 없는 폐허의 침대에서 날 불러내 줘
나 지금 망연히 망기타만 듣고 있어, 끊임없이 반복되는 이
노래
언젠가 천사가 날 찾아오겠지만 그래도 나 지금 가슴이 너
무 아파
나 지금 아무래도 끊어진 기타 줄을 구하러 가야 할 것 같
은데

기타 줄은 어디서 구하지, 네 긴 머리카락
나 지금 아무래도 그게 필요해
네 부드럽고 긴 한 줄기의 사랑

2 그녀座

밤하늘에 피어난 그녀座를 치어다보는 밤입니다, 초저녁별들
아고라나이트의 石花로 아름답게 피어난 이 지상의 밤입니다

대낮의 느티나무 잎들이 불러주던 그 많은 음악들은 어떻게
이해하는 게 좋겠습니까
아니 이젠 이해하지 않아도 되겠습니까, 촛불나무 아래 누
워 오래도록 그녀座를 바라보는 밤입니다

아, 갈증도 음악처럼 익어 흘러간다면 그녀座 가장 밝게 빛
나는 이 지상의 아무르 강가로 나 또한 고요히 흘러갈 수 있으
련만, 내 술병座는 도대체 어디에 있는 것입니까

시에 시에, 중얼거리며 아무것도 모르는 중국의 별들이 赤
道를 향해 흘러가고 있는 북반구의 여름밤입니다

그녀座를 너무 오래 치어다봐 꿈에서도 맑은 별이 뜰 것 같은 그런 밤입니다

3 망기타에 줄을 매다

망가진 기타에 줄을 매는 건 知音일 뿐, 망가진 기타를 스스로 고치는 자 가수가 아니네 시인이 아니네

기타가 망가지면 가수는 스스로의 목청으로 기타가 되고 기타가 망가지면 시인은 스스로의 온몸으로 악기가 되네

망가진 기타에 줄을 매는 건 언제나 아직도 이 지상에 남아있는 어둡고도 따스한 아픔들일 뿐, 그 아픔들이 매어논 기타 줄을 두드리며 나 다시 노래 부를 힘을 얻네

아, 지금 내가 듣는 '忘記他'에 줄을 매어줄 자 누구인가

아, 망가진 기타 곁에 망연히 앉아 있는 나에게 줄을 매어줄 자

4 날씨와 생활

날씨 속에 그녀가 있다

나는 왜 그녀를 사랑하는가

그녀는 왜 그 시간만 되면 그 노래를 듣는가

어째서 고독은 나의 힘이고 빗방울들은 고독보다 힘이 센가

날씨와 생활은 어쩌자고 같이 붙어 있는 건가

나는 왜 비가 내리는 날이면 직장에 가기 싫고 직장에 가기
싫은 날에는 왜 생활도 함께 싫어지는가

날씨 때문에 생활을 버린다면 그 날씨는 좋은 것인가 나쁜
것인가

생활이 왜 중요한가, 왜 중요해야만 하는가

나는 자꾸 살고 싶은데 생활을 버리면 왜 자꾸만 죽어가는가

그런데 도대체 나는 왜 그녀를 사랑하는가

그 노래만 들으면 나는 왜 자꾸 그녀가 생각나는가

그녀는 왜 날씨와 함께 오는가, 그녀는 왜 생활과 함께 가는가

생활은 왜 사랑이 되지 않는가, 생활이 사랑이 되는 나라는 없는가

날씨와 생활과 사랑이 음악처럼 함께 젖어드는 저녁의 나라는 어디에 있는가

그런데 도대체 나는 어쩌자고 그녀를 사랑하는가

나는 왜 생활처럼 끝내 그녀를 사랑하는가

나는 왜 그녀를 사랑하는가

사랑은 왜 날씨 속에 있는가

5 칭따오 삐주*

물이 귀한 중국에 와서
물 대신 칭따오 삐주를 마신다
텐안먼 꽝창에서도
완리창청에서도
팔월의 폭염을
칭따오 삐주로 식힌다
북경의 뒷골목에서 만난
중국 청년도
자본주의보다
더 자본주의적인
중국식 사회주의도
칭따오 삐주로 사귄다
중국에 와서 내 여권은
칭따오 삐주다
마오쩌뚱의 초상도
明十三陵 가는 길
틈왕 이자성의 동상도
나는 칭따오 삐주를 마시며
통과한다

아는 만큼 보인다고
누군가는 말하지만
내 여행은
취하는 만큼만 보인다
거대한 중국의
심장부를 지나고
황하를 건너며
아직은 붉어지지 않은
광활한 옥수수 밭을 지나며
나는 칭따오 삐주를 마신다
수호전에 나오는
이규처럼
두 눈 질끈 감고 간다
그냥 취해서 간다
더운,
더러분 한세상
칭따오 삐주를 마시며
통과!

6 옛 사진, 珍南**에게

그래, 우리가 당도한 그 새벽녘 역 광장 모퉁이 어슴푸레한 사회주의 안개 속에 너는 서 있었다

사람들은 그곳을 청색의 도시라 불렀지만 우리가 그곳에 머무는 동안 푸른 하늘을 본 것은 네 눈동자 속에서였다

나귀가 수레를 끌고 그 수레 위에 사람이며 건초더미가 함께 실려가던 시골의 풍경을 너는 애써 자꾸 외면하려 했다, 너는 내몽골 대학교 3학년, 고향이 흑룡강성 근처라 했지

그래, 네가 떠나온 것은 결국 서러운 가난이었겠지만, 우리가 떠나온 것도 단순히 서울만은 아니었다

서울이라는 이름의 구역질 나는 자본주의, 그 자본주의에 빌붙어 사는 그 모든 개떼들로부터 우리는 잠시라도 떠나고자 했던 것이다

그리고 마침내 우리가 당도한 어슴푸레한 사회주의 안개 속에 너는 아름다운 유령처럼 서 있었다

그래, 종교와 국가를 넘어가면 그곳에 건물과 불빛이 있다

우리는 네가 사는 건물과 불빛이 보고 싶었는지도 모른다

밤에 내몽골 대학 교정을 우리는 함께 걸었다

밤에 내몽골 대학 뒷골목에서 우리는 함께 술을 마셨다

밤에 너는 내몽골 대학 기숙사로 돌아가고 우리는 늦게까지
배갈과 마유주를 마셨다

술 속에 불빛이 있었던가, 불빛 아래 술잔이 출렁거렸던가

그래, 우리가 아무리 술잔을 비워도 그 취기로도 우리의 천
박함은 씻기지 않았다

그리고 그 다음 날 네가 우리를 데려간 그 드넓은 초원에서
드디어 나는 보았다

내 가장 사랑했던 그러나 지금은 잃어버린 옛 사진 한 장을,
풍경 속에 아련히 서 있던 네 모습을

珍南, 조선족과 중국인과 내몽골 자치구 인민을 넘어가면 그곳에 네가 있다

내 청춘의 사막과 시퍼런 연민을 넘어가면 그곳에 네가 있다

네 눈동자 속에 펼쳐진 끝없는 초원을 달리는 스물두 살의 내가 있다

7 등려군

등나무 아래서 등려군을 들었다고 하기엔 밤이 너무 깊다 이런 깊은 밤엔 등나무 아래 누워 있을 수가 없는 것이다

나는 지금 담배를 한 대 피워 물고, 무슨 시를 쓰지, 잠시 고민하다 등려군이라는 제목을 써보았을 뿐이다

깊은 밤에, 뜻도 알 수 없는 중국 음악이 흐른다, 나 지금 등려군의 노래를 듣고 있을 뿐이다

모니엔 모 위에 디 모 이티엔

지우 씨앙 이 장 포쑤이 더 리엔

난이 카우커우 슈어 짜이 찌엔

지우 랑 이치에 저우 위엔

쩌 부스 찌엔 룽이 디 쓰

워먼 취에 떠우 메이여우 쿠치

랑타 딴딴 디 라이

랑타 하오하오 더 취 따오 루찐

니엔 푸 이 니엔

워 부 넝 팅즈 화이니엔

화이니엔 니

화이니엔 총 치엔 딴 위엔 나

하이펑 짜이 치 즈웨이 나 랑화 디 셔우

치아 쓰 니 디 원러우

　그렇다면 지금 그대들이 읽고 있는 이것은 노래인가 시인
가, 등려군이 부르는 노래인가 내가 쓰는 등려군에 관한 시
인가

　등나무 아래서 등려군을 들었다고 하기엔 밤이 너무 깊다
이런 깊은 밤엔 등려군의 노래나 받아 적으면 되는 것이다, 깊

은 밤에, 시란 그런 것이다

---

*칭따오 삐주 : 청도 맥주, '청도 비주'의 중국식 발음, 원래 발음은 '칭따오 피지우'에 가까움.
**珍南 : 朴珍南, 몽골 여행에서 우리를 안내해 준 현지 여성 안내원.

박정대 41

그녀에게

 고통이 습관처럼 밀려올 때 가만히 눈을 감으면 바다가 보일 거야
 석양빛에 물든 검은 갈색의 바다, 출렁이는 저 물의 大地

 누군가 말을 타고 아주 멀리로 갔다가 다시 돌아오는 모습이 보일 거야
 그럴 때, 먼지처럼 자욱이 일어나던 生은 다시 장엄한 음악처럼 거대한 말발굽 소리와 함께 되돌아오기도 하지

 북소리, 네 심장이 고동치는 소리를 들어봐
 고독이 왜 그렇게 장엄하게 울릴 수 있는지 네 심장의 고동소리를 들어봐

 너를 뛰쳐나갔던 마음들이 왜 결국은 다시 네 가슴속으로 되돌아오는지
 네 가슴속으로 되돌아온 것들이 어떻게 서로 차가운 살갗을 비벼대며 또다시 한 줄기 뜨거운 불꽃으로 피어나는지

 고통이 습관처럼 너를 찾아올 때 그 고통과 함께 손잡고 걸어가 봐
 고통과 깊게 입맞춤하며 고독이 널 사랑할 때까지 아무도

모르는 너만의 보폭으로 걸어가 봐

　석양빛에 물든 저 검은 갈색의 바다까지만
　장엄한 음악까지만

그녀가 걸어가 당도할 집

한밤중에 무산에 도착했다, 석탄처럼 쌓여 달빛에 반짝이는 무산의 검은 밤

백암에서 백무선 열차를 타고 무산으로 오는 동안 맞은편에 앉아 있던 함경도 처녀는 내내 말이 없었다

말이 없어야 처녀다웠던 한 시절은 이미 다 지나갔는데 그녀는 왜 종내 아무 말도 하지 않았던 걸까

한밤중에 무산에 도착했다, 무산역 근처 제재소에서는 백두산 자작나무 톱밥 타는 냄새가 났다

나는 그녀를 보내지도 않았는데 그녀는 어둠 속으로 떠나갔다

함박눈이라도 내리려는 걸까 오늘따라 달무리도 참 고왔는데 나는 왜 갑자기 백무선 야간열차처럼 덜컹거리는 연애가 그리워지는 걸까

그녀가 떠나간 먼 길로부터 소리도 없이 함박눈이 쏟아지기 시작했다

그때부터였을까 함박눈 사이로 반짝일 갈매나무처럼 정갈
한 불빛을 나는 생각하였다

　　한밤중에 그녀가 걸어가 당도할 집이 나는 그리워졌다

　　막무가내로 함박눈 쏟아져 그토록 마음 하얗게 밝아오던 무
산의 백야

---

* 백무선 야간열차를 타면 함박눈 펑펑 내리는 함경북도 무산역에 당도할 것
만 같은 그런 밤이다. 그러나 나는 하얀 담배나 꼬나물고 이렇게 서울의 밤
에 앉아 뜬눈으로 하얗게 밤을 지새우며 이런 글이나 쓰고 있다. 백무선 야
간열차처럼 덜컹거리는 연애나 꿈꾸고 있는 것이다.

전등사

세상의 밤은 모두 전등사 아래로 온다

대낮의 폭설과 폭설에 뒤덮인 세상의 지붕들을 이끌고 와서는
하루 동안 어깨 위에 쌓여 있던 눈발들을 툭툭, 팔만대장경처럼 전등사 마당에 흩뿌려놓는다

어둠과 함께 나의 生도 전등사 아래로 돌아온다

선수항 지나 반달 언덕쯤, 석모도 떠나가는 옛사랑의 뱃길 전송하던 눈발이며 허공의 유목민처럼 떠돌던 눈송이 몇 개도
어둠과 함께 전등사 아래로 와 깃든다

지상을 떠도는 눈발들은 지금 모두 전등사 아래로 온다

전등사에 밤이 찾아와, 누군가 오래 淑香傳을 읽는 밤
희미한 옛사랑의 그림자들도 다시 전등사 아래로 돌아오는데

낮에 내리던 눈발 아직도 여전히 남아서 서성거리는 이 밤을
한 잔의 찻물 속에서 고요히 끓어오르는 이 겨울밤을, 잠들

지 못한 내 마음이 끝내 불 밝히고 있는

이 地上의 전등寺 한 채

밀롱가*에서

밀롱가 거리에 바람이 불어요
그대와 함께 하루 종일
밀롱가 거리를 쏘다녔지요
발이 아플 즈음에 저녁이 왔구요
바람에 떠밀려 초저녁별들도 밀려왔어요
우리를 따라온 어둠이
건물에 하나 둘
불빛을 매달았구요

우리는 좁은 계단을 따라 올라가
밀롱가 거리의 이층 찻집에 들어갔지요
군데군데 호롱불이 켜져 있던 마구간 같던 실내
그곳에서 우리는 따뜻한 마유주를 마셨지요
창밖엔 이미 캄캄한 어둠이었는데요
간혹, 그대가 탁자 위 술잔을 채우던 소리는
이미 아름다운 음악이었지요

그해 겨울, 그대와 내가 숨어들었던
밀롱가 거리의 이층 찻집은 우리의 짧은 생애였지요
시끄럽던 중국인 거리의 홍등가를 지나가면
문득 나타나던

줄 없는 현악기 같았던 건물 한 채,
그대의 숨결이 내 가슴에 닿아 한 줄기 현으로 이어지던 곳
우리의 사소한 움직임도 고요한 음악이 되어 울리던 곳
악기의 공명통처럼 맑고 투명했던,

밀롱街의 이층 찻집

---

* 밀롱가 : 아르헨티나 탱고 음악의 초기 형식. 어느 겨울밤, 아스트로 피아졸라(Astor Piazzolla)의 〈Milonga〉를 듣다가 나는 문득 티베트 라사 거리의 이층 찻집을 떠올렸는지도 모른다. 내가 가보지 못한, 어쩌면 이 지상에는 없을지도 모르는 밀롱街의 이층 찻집.

워터멜론슈街에서

나는 보았네 워터멜론슈街의 저녁, 잘 마른 그대 영혼이 한 줄기 저녁 연기 되어 꿈꾸듯이 어디론가 떠나가는 것을

한 생애가 고요히 타오르던 워터멜론슈街의 저녁, 그대 영혼의 따순 곁불을 쬐며 어디로 가야 할지 몰라 나는 또 地上의 저녁을 한참이나 서성거렸네

살아서는 못 가는 곳을 그대는 음악처럼 참 부드럽게도 떠나갔네

비 한 방울 내리지 않는 워터멜론슈街의 저녁을 떠나간 그대, 또 어디쯤의 생에서 한 점 불꽃으로 다시 피어나는지 알 수 없어도

나는 들었네 워터멜론슈街의 저녁, 그대가 떠나면서 부르던 한 소절의 노래, 이 지상의 불빛들 아래서 한없이 꿈꾸고 사랑하라던, 그대 숨결처럼 불어오던 바람의 속삭임을

나는 걸었네 워터멜론슈街의 저녁, 그대 숨결이 빚어내던 내 눈물의 寶石을 점점 어두워져가는 밤하늘에 초저녁별들로 걸어두고

나는 걸었네 白熱燈, 음악처럼 환하게 돋아나던 이 지상의
고독 속을
나는 나의 고독과 함께 오래도록 걸었네

워터멜론슈街에서
워터멜론슈街의 저녁에서

室內樂

밴드는 없어요
오케스트라는 없어요
모두가 녹음된 거랍니다

그러나 클라리넷 소리가 듣고 싶으면 들으세요
약음기가 달린 트롬본, 부드러운 트럼펫 소리
모두가 녹음된 거랍니다 — 실렌시오 클럽

1

전등寺의 밤이다

2

밀롱가, 밀롱가, 눈발들 서로 부딪히며 몸 섞는 소리, 아득
히 들려오는 워터멜론슈街의 밤이다

3

워터멜론슈街의 어두워지는 계단에 쭈그리고 앉아 거리를
바라본다, 바람은 나의 담배에 불을 붙이고 간다, 바람은 어느
새 이 겨울 저녁의 돛배를, 조금 더 깊은 생의 江岸 쪽으로 밀
어다 놓았다

4

로맹 가리와 노가리와 프레데릭 파작과 대작하는 밤, 雨雨

雨 알코올의 비, 온몸으로 쏟아지는 밤, 이런 밤은 언제쯤 끝나나, 담배도 다 떨어져가는데 내가 속한 이 밤은 천 개의 별빛이 빛나는 들판의, 검은 천막보다도 더 어둡다

5

커피를 끓여 마셔도 여전히 갈증나는 밤, 다시 녹차를 끓인다 이 녹물 같은 茶로 내 갈증이 가신다면 밤새 찻물을 끓일 수도 있으련만, 지금은 다만 녹슨 내 몸의 주전자가 덜컹거리는 소리를 내는 실내악의 밤

6

밤새 녹차를 마신다, 창밖에는 밤새 눈 내리는 소리, 內蒙古의 겨울 같은 내 몸엔 밤새 찻물 흘러가는 소리

7

보이지도 않는데 어떻게 그대는 나에게로 오는 것이냐, 음악이 있어서 나는 그대에게로 가는 거란다, 거란族의 말발굽 소리처럼, 촛불의 음악처럼

8

다시 담배, 다시 어둠

9

눈을 들어 창밖을 보면 아득한 밤의 저편에서 빛나는 산똥
반도의 불꽃 하나

10

촛불, 불꽃, 그대 생의 타르초

11

그러나 밤마다 생은 내 머리 위의 전등燈에서만 빛나네

12

다시 녹차, 다시 담배

13

다시 내 안의 어둠, 천 개의 별빛이 빛나는 들판의, 검은 천
막보다 더 깊은 어둠

14

다시, 천 개의 流星이 천 개의 시를 쓰며 지나가는 내 안의
어둠, 지금 어둠 속에서 빛나는 것은 다 시!

15

한밤중 차를 타고 강원도를 여행하다 보면 멀리 산중턱에서 깜빡이는 외딴집의 불빛 하나, 아, 그럴 때면 무장 공비처럼 그 불꽃의 생 속으로 스며들고 싶어, 아, 난 거의 미쳐!

16

그게 시야, 내 혈액 속의 한 部族이 밤새 성냥불 긋는 소리

17

그게 생이야, 부엌 아궁이에서 잘 마른 참나무들이 말발굽 소리를 내며 밤새 타오르는 소리

18

백야의 음악이지, 잠들지 못하는 전등寺의 지붕을 고요히 덮으며 밤새 獨立戰爭처럼 함박눈, 무장무장 내리는 소리

19

너는 들리니, 나의 생이 밤새 네 영혼의 푸른 共和國을 향해 移住하는 소리

20

아, 가고 싶다, 우리들 영혼의 푸른 고원, 저물 녘이면 허공
에 방목했던 한 떼의 새들이 천 개의 촛불을 물고 돌아오는 순
하고 밝은 저녁의 나라

21

그러나 지금은 전등寺의 밤, 전등사 지붕 위로 하염없이 白
旗 같은 눈발 펄럭이는 밤

22

그래서 스파게티 삶는 밤!

23

추억의 마구간에서 말 한 필 꺼내어 그대에게로 달려가고
싶은 밤, 함박눈 펑펑 내리는 저 세상의 밤 속으로, 눈발들 머
플러처럼 휘날리며 마구 달려가고 싶은 밤

24

그러나 다시 녹차 우려내는 밤, 다 식은 녹차 한 잔으로 남
은 마구간의 밤

25

내 몸의 녹슨 태엽을 감으며 유리창 밖에서 울고 있는 하얀 새의 시간, 내가 속해 있는 이 地上의 갸륵한 시간을 유리창을 밤새 두드리고 있는 저 눈발들, 허공의 유목민들

26

그러나 고갱 출판사 한 켠 다락방에선 아직도 누군가 웅크리고 앉아 밤새 시를 쓰고 있지

27

톱밥 난로, 고갱 출판사에서는 톱밥 난로의 불꽃으로 시를 인쇄하지!

28

그리고 밤새 생은 조금씩 무너져내리고 있었는지도 모른다, 고요하게 타오르던 톱밥 난로의 불꽃, 그 붉은 산맥 곁에서 밤새 나의 겨울도 조금씩 덥혀져 하르르 하르르, 생 쪽으로 무너져내리고 있었는지도 모른다, 그러나 덥혀진 핏방울 속으로도 끝내 바람 불어 가루약처럼 번져가던 눈보라의 겨울밤, 톱밥 난로에 세 들어 살던 가난한 청춘의 갸륵한 天窓을 아득한 깃발처럼 이제 난 아예 잊었는지도 모른다

29

　가스레인지의 불꽃, 저 끝없이 내리는 함박눈의 욕망, 실내의 화분엔 나무 한 그루, 흙 속에 감추어둔 은밀한 뿌리의 생애, 아직은 어두운 새벽, 눅눅하고 오래된 노트 한 권을 들고 누군가 가스레인지의 푸른 불꽃 속으로 걸어 들어가고 있다

30

　그러나 아직은 어두운 전등寺의 새벽이다

31

　室內樂, 나의 기침 소리

32

　또 다른 실내악, 담뱃재 사각사각 타들어가는 소리

33

　북소리, 멀리서 네 심장이 뛰는 소리

34

　아 아직은 어두운 아무르 강가의 새벽, 전등寺 아래, 별들의 뒤척거리는 소리가 들리는 여기는 고갱 출판사

35

톱밥 난로의 *煙筒*으로, 세상의 아침에 시를 흘려보내는 고갱 출판사

36

대장정, 누군가 말을 타고 밤새도록 달려와 당도한 국내성의 아침, 지난밤 구름들도 참 오랫동안을 걸어 당도한 *集安*의 아침, 이제사 처마 끝에 매달려 지안지안 흔들리는 물방울들, 이제사 톡톡 당나귀 걸음 소리를 내며 떨어지는 물방울들, 달단族의 음악

37

광목천을 말굽에 싸고 *女眞女眞*, 흰 눈밭 위를 걷는 당나귀들, 고갱 출판사의 음악

38

여진여진 음악 소리 들리는 고갱 출판사, 내 낡은 타자기에 아들이 붙여준 이름!

39

아침이야, 파베세!

40

나야, 고갱 출판사에서 왔어, 리산이야

41

톱밥 난로의 불꽃을 가지고 왔어, 그대 시를 인쇄하려고, 내
가슴에!

42

어젯밤 자네가 돌아간 뒤 고갱 출판사 톱밥 난로 곁에서 프
레데릭 파작과 한 잔 더 마셨지, 아침이야, 파베세, 한 잔 더
마셔야지, 밤새 눈이 내렸다니까, 술 한 통 차고, 이 새하얗고
눈부신 아침의 길을 重慶重慶 걸어, 저 언덕 너머 로맹 가리네
로 가야지

43

안드레스 세고비아도 지쳤나 봐, 디 마이너에서 기타 연주
가 끝났어, 씨, 씨에서 다시 연주가 시작돼야 하는데 말이야

44

지 세븐, 가르시아 로르까, 에이 마이너, 라이너 마리아 릴
케, 씨, 파울 첼란

45

씨양씨양, 새들이 울고 있는 아침이야 마야코프스키 씨, 볼
프 본드라체크 씨, 루이스 세풀베다 씨, 앨런 긴스버그 씨, 잉
게보르크 바하만 양이 누군가의 집에 모여 '미국에서의 타자
기 던지기'를 했대, 거대한 괴물의 심장에 그간 타자기를 던지
다니!

46

아침이야, 파베세, 여기에선 고요히 숨 쉬는 것도 이미 하나
의 혁명이 돼버렸어

47

밤새 하얀 계엄령의 폭설이 떨어졌어, 녹차도 다 떨어졌어,
고갱 출판사에 아침이 오는 것이 두려워

48

지금 쓰고 있는 이 시를 팔아서 겨울 날 땔감을 사야 하나,
이 겨울을 어떻게 버티지, 내 낡은 타자기를 들고 또 어디로
이주해야 내 영혼의 고원에 림시정부의 검은 천막을 칠 수 있
을까

49

그런데 도대체 어디로 가야 톱밥을 구할 수 있는 거야, 아 백두산 자작나무 톱밥 냄새 물큰 밀려오는 저녁, 톱밥 난로의 불꽃, 지상의 별빛처럼 돋아나는 저녁의 제재소는 어디에 있는 거야

50

그런데 도대체 倭 이 아침은 내 다락방에, 오래전에 사절한 저 너절한 植民의 햇살을 넣고 있는 거야

51

아침이야, 파베세!

52

그런데 도대체 이 시는 왜 자꾸만 길어지는 거야(나도 몰라!)

53

그런데 도대체, '도대체'가 왜 자꾸만 혀끝에서 체체체, 맴도는 거야(나도 몰라!)

54

倭倭倭, 왜가리는 왜왜왝, 울며 날아가는 것이야(나도 모른
다니까!)

55

그대를 모른다고 세 번씩이나 부인을 해도, 나도 모르게 자
꾸만 혀끝에 맴도는 그대 이름, 지상의 내 유일한 거처!

56

아침이야, 로맹 가리, 그대가 이 地上의 골목 한 모퉁이에서
만났던 개들이 저 하얀 눈밭 위를 걸어오고 있잖아

57

그대가 페루로 날려 보낸 새들은 이미 다 죽었는데, 또 저렇
게 많은 새들이 하얗게 날갯짓하며 다시 地上으로 내려오고
있잖아

58

눈발들, 저 들판을 말 달리는 지상의 실내악

59

음악들, 고독이 또 다른 고독과 만나 高句麗高句麗 넓어지
는 소리

60

음악들, 침묵이 또 다른 침묵 위에 百濟百濟 쌓이는 소리

61

음악들, 얼음장 속 송사리들 소리 없이 新羅新羅 지느러미
흔드는 소리

62

간밤의 음악들, 밀롱가, 밤새 눈발들 서로 입맞추던 소리,
밀롱가, 밀롱가, 누군가 말발굽에 헝겊을 싸고 고요히 이 지상
을 빠져나가던 소리, 밀롱가, 밀롱가, 밀롱가, 누군가 다시 내
곁으로 다가와 고요히 속삭이던 소리

63

흐음! 이제사 전등寺에 불 꺼지는 소리

64

전등사의 아침이다

65

저 들판으로 쏟아져내린 간밤의 별들 좀 봐

66

두려움과 공포가 눈부시게 펼쳐진 신세계의 아침이다

67

아들아, 나는 간밤의 폭설에 너무 취했구나, 어서 일어나 내 낡고 무거운 타자기의 생을 어디론가 좀 옮겨주렴, 고갱 출판 사가 온통 흰 눈에 파묻히기 전에!

68

가스 밸브도 좀 잠그고!

69

이젠 음악도 좀 *끄고*!

70

마당의 눈들도 좀 치우고!(그게 다 인생 공부란다)

71

아들아, 저 눈 쌓인 길을 따라서, 우리 언제 한번 소풍 가자
(감자라도 좀 구워서), 그렇게 걷다 보면 닿을 수 있겠지, 우리
영혼의 푸른 고원

72

여기와 거기 사이에, 우리가 지금, '이렇게', 있는 거란다

73

內面과 外面 사이에

74

밴드와 오케스트라 사이에

75

산뚱 반도와 저 낯선 아메리카 사이에

76

세계와 인류와 뒤뚱거리며 떠도는 그림자들 사이에

77

두려움과 떨림 사이에, 망설임과 폭설 사이에

78

망가진 기타와 낡은 타자기 사이에, 삐걱거리는 침묵과 덜
컹거리는 음악 사이에, 사진기와 사진 사이에, 11월과 12월 사
이에, 우리가 있는 거란다

79

아니 어쩌면 우리는 없는 거란다, 11월과 12월 사이에

80

어쩌면 음악만이 있었던 거란다, 1월과 2월 사이에

81

그래, 어쩌면 밤의 전등寺, 고갱 출판사에서……

96

따스한 혀의……

97

調書!……

98

아……

99

다……

100

어쩌면 다…… 녹음된 거란다!

101

보이지 않는 것들이 보이는 것들을 연주하던 워터멜론슈街의 밤에

102

눈발들 밤새도록 지상의 실내악을 연주하던 밀롱가의 밤에

103

　간밤의 폭설과 아침의 설원 사이에서, 하나의 다락방과 열
두 개의 계단 사이에서

104

　어쩌면 톱밥 난로의 내면! 아니 어쩌면 그 열렬한 불꽃들의
고독 속에서

白夜

1

나는 산다, 촛불의 사원에서, 흰 바람벽도 없이

2

촛불을 켜면 하루가 시작되고 촛불을 끄면 하루가 가는 촛
불의 지구에서 밤은 나의 생애다

3

밤은 시의 생애다, 마음의 다락방에 올라가 보라, 별들을 韻
算하는 저 무한천공의 바람이 시다, 흔적도 없이 사라지는 시
의 생애다

4

촛불을 켤 때 비로소 나는 시인이다, 촛불의 시간 속에서만
나는 到底한 생애다

5

촛불을 너무 오래 들여다본 자는 조금씩 눈이 먼다

6

조금씩 멀어가는 눈으로 바라보는 꿈, 그게 삶이라는 거다

7

내가 태어나기도 전부터 도처에서 붉고 노오랗게 깊어가던 가을, 도저히 감당할 수 없는 그 가을 속으로 언젠가 나는 들어가 본 적이 있다

8

꾸냥, 혀끝에 감도는 네 그리운 살결의 내음새를 아득한 옛날 어느 바닷가 객주집 토방에 나는 살뜰히도 버리고 왔다

9

統營이라는 시를 읽다가 알뜰한 그대 생각을 했다, 가슴 한 켠으로 물큰 밀려오는 물미역 같은 퍼어런 서러움, 내가 놓쳐버린 시간이 지금 어느 수심을 헤매고 있을까

10

사랑을 불멸이라고 생각한다면 그러한 생각이 불멸인 것이다, 도무지 사랑은 치열하지만 도무지 사랑은 어디에도 없다

11

어디에도 없는 사랑 때문에 달이 뜨는 밤이다, 그러나 지구의 유일한 전등이었던 달의 시대는 갔다, 근초고왕 때이다

박정대 73

12

그러나 서부 티베트 마나사로바 호수에는 아직도 밤마다 달이 뜬다, 그 호수 옆에 암자를 짓고 밀라레빠가 시를 쓰며 살고 있다

13

밀라레빠가 시 하나 쓰면 티베트 늑대 찬쿠가 그 시를 물고 성스러운 캉린포체를 향해 오른다, 달빛 아래서 씌어진 유일한 시다

14

창포 강가에 겨울 같은 가을이 왔다, 얼음장 위로 얼비치는, 그대 검은 천막에서 흘러나오는 불빛이 오늘따라 깊고도 투명하다

15

오늘따라 너무나 그대가 보고 싶어 가만히 눈을 감아본다, 내 생의 절벽에서 아직도 여전히 운산 마애불처럼 웃고 있는 참 무심한 그대, 지금 그대가 바라보는 이 세상의 나뭇잎들은 모두가 나에게서 돋아난 반가사유상들이다

16

숙신과 말갈의 시간이 그대를 데려갔다

17

돌궐족처럼 사랑이 창궐하던 시절, 나는 내 사랑을 잃었다

18

사랑을 잃은 후 갑자기 나는 왜 민물 새우가 먹고 싶은 걸까, 한나절 따스한 햇살이 쏟아지는 시골집 툇마루에서 민물 새우가 끓어 넘친다

19

사랑 같은 거 다 지난 뒤, 쓸쓸하고도 따스한 툇마루에 나와 앉아 끓어 넘치는 민물 새우의 맛을 보는 일처럼만, 그렇게만 살고 싶은 오후

20

오후도 지나고 저녁도 다 지나서 밤하늘에 촛불 하나 켜진다, 저 휘어진 달빛

21

　달빛 아래서 누군가 저 자신을 악기처럼 연주할 때 고독은
활처럼 휘어져 있다

22

　밀라레빠의 시를 찬쿠가 물고 달아난다면 나의 시는 다만
그러한 밤을 기록하기 위하여 씌어질 것이다

23

　나의 시를 시라고 부르지 않는 그대를 나는 찬쿠라고 부른다

24

　그러나 나는 찬쿠가 나의 시를 물고 달아나는 그러한 밤을
얼마나 꿈꾸었는가

25

　말갈과 숙신의 시간이 나의 시를 데려가 버렸다

26

　나는 다시 내 고독의 사원으로 되돌아온다, 밤공기의 밀물,
자기 앞의 生의 한가운데 떠 있는 수도원 몽상 미셸

27

나도 한때는 광대한 고독의 대륙을 횡단한 적이 있다, 광개
토대왕 때이다

28

나는 이제 불 꺼진 내 마음의 폐허에서 다시 촛불을 켠다,
흰 바람벽도 없이

29

촛불이 내 삶의 유일한 불꽃인 시간이 되었다, 드디어 나는
내 生涯에 당도한 것이다

30

그러나 나는 삶에 대한 성찰 따위를 모른다, 나는 아직도 삶
以前인 것이다

31

객주집, 토방, 질화로, 호롱불 켜는 밤— 한때 내가 속해 있
던 시간들을 나는 분명히 기억하고 있다

32

　내가 나귀를 타고 다니던 시절, 저녁은 내 심장의 촛불 곁으로 아주 천천히, 조심스럽게 다가오곤 했다, 소수림왕 때이다

33

　그대와 함께 한 잔의 차를 마시던 시간이 있었다, 랴오뚱 반도의 내가 산뚱 반도에 앉아 있는 그대를 바라보며 한 잔의 차를 마시던 시간, 그 시간의 틈 사이로 기우뚱거리며 하염없이 눈이 내렸다, 유리왕 때이다

34

　배롱나무 꽃잎들이 하롱하롱 떨어지는 길을 나귀를 타고 지난 적이 있다, 근초고왕 이전의 일이다

35

　나는 시간의 질서 따위에 속해 있지 않다, 나는 시시로 편재해 있고 때때로 부재해 있다

36

　그러나 나는 산다, 촛불과 고독의 사원에서, 추억을 재상영할 흰 바람벽도 없이

37

흰 바람벽도 없는데 온다 그대는 흰 바람벽도 없는데 와서, 어두워지는 내 망막에 명멸하는 환등기를 돌리고 간다, 근초고왕 이후의 일이다

38

비 내리고 바람 부는 내 마음의 랴오닝城 근처에서 흰 바람벽도 없이, 나는 왜 아직도 눈을 감고 그대를 관람하고 있는가

39

이 밤 누가 또 환등기를 돌리고 있나, 남십자성이 떴다, 눈먼 자의 꿈속에나 뜨는 별

40

촛불 너머, 남십자성 극장 하루 종일 비 내리는 그대가 내 생애다

41

나는 나의 촛불을 너무 오래 들여다보았다, 이건 나 때의 일이다

42

흰 바람벽도 없는데, 추억도 반성도 없는데, 나의 생은 밤은 막무가내로 깊어져간다 그래서 지금은 라벤더 향기가 필요한 시간, 나만의 천사가 필요한 시간

43

민물 새우가 끓어 넘친다

44

하얀 밤이다

박정대
馬頭琴 켜는 밤 _외

馬頭琴* 켜는 밤

밤이 깊었다
대초원의 촛불인 모닥불이 켜졌다

　몽골의 악사는 악기를 껴안고 말을 타듯 연주를 시작한다
　장대한 기골의 악사가 연주하는 섬세한 음률, 장대함과 섬
세함 사이에서 울려 나오는 아름다운 음악 소리, 모닥불 저 너
머로 전생의 기억들이 바람처럼 달려가고, 연애는 말발굽처럼
아프게 온다

　내 生의 첫 휴가를 나는 몽골로 왔다, 폭죽처럼 화안하게 별
빛을 매달고 있는 하늘
　전생에서부터 나를 따라오던 시간이 지금 여기에 와서 멈추
어 있다

　풀잎의 바다, 바람이 불 때마다 풀결이 인다, 풀잎들의 숨결
이 음악처럼 번진다
　고요가 고요를 불러 또 다른 음악을 연주하는 이곳에서 나
는 비로소 내 그토록 오래 꿈꾸던 사랑에 복무할 수 있다

　대청산 자락 너머 시라무런 초원에 밤이 찾아왔다, 한 무리
의 隊商들처럼

어둠은 검푸른 초원의 말뚝 위에 고요와 별빛을 매어두고는 끝없이 이어지던 대낮의 백양나무 가로수와 구절초와 민들레의 시간을 밤의 마구간에 감춘다, 은밀히 감추어지는 生들

나도 한때는 武川을 꿈꾸지 않았었던가, 오래된 해방구 우추안
고단한 꿈의 게릴라들을 이끌고 이 地上의 언덕을 넘어가서는 은밀히 쉬어가던 내 영혼의 비트 우추안

몽골 초원에 밤이 찾아와 내 걸어가는 길들이란 길들 모두 몽골리안 루트가 되는 시간
꿈은 바람에 젖어 펄럭이고 펄럭이는 꿈의 갈피마다에 지상의 음유시인들은 그들의 고독한 노래를 악보로 적어 넣는다

밤이 깊었다
대초원의 촛불인 모닥불이 켜졌다

밤은 깊을 대로 깊어, 몽골의 밤하늘엔 별이 한없이 빛나는데 그리운 것들은 모두 어둠에 묻혀버렸는데 모닥불 너머 음악 소리가 가져다주던 그 아득한 옛날
아, 그 아득한 옛날에도 난 누군가를 사랑했던 걸까 그 어떤

음악을 연주했던 걸까

　그러나 지금은 두꺼운 밤의 가죽 부대에 흠집 같은 별들이
돋는 시간
　地上의 서러운 풀밭 위를 오래도록 헤매이던 상처들도 이제
는 돌아와 눕는 밤

　파오의 천창 너머론 맑고 푸른 밤이 시냇물처럼 흘러와 걸리
는데 아 갈증처럼 여전히 멀리서 빛나는 사랑이여, 이곳에 와
서도 너를 향해 목마른 내 숨결은 밤새 고요히 마두금을 켠다

　몇 개의 전구 같은 추억을 별빛으로 밝혀놓고 홀로 마두금
켜는 밤
　밤새 내 마음이 말발굽처럼 달려가 아침이면 연애처럼 사라
질 아득한 몽골리안 루트

---

*馬頭琴:마두금. 악기의 끝을 말머리 모양으로 만든, 두 개의 현을 가진 몽
　골의 전통 현악기.

地上의 저녁

　어느 날 사람들은 자신도 모르게 아주 먼 별에 당도하기도
한다

　武川은 예서 얼마나 먼가

　낯선 구릉과 산맥들을 지나가면 펼쳐지는 대초원, 구름들은
청색 하늘 벽에 이발소 그림처럼 걸려 천연덕스럽게 나를 맞
는다, 그러나 나는 이곳에 머리를 깎으러 온 것은 아니다

　잃어버린 옛사랑을 찾으러 온 것도 아니다, 내 삶에
　사랑 같은 건 없다, 고 그렇게 중얼거리며 한 떼의 구름이

　지나간다, 양떼구름의 점진적 이동, 바람은 늘 이런 식으로
말을 걸어온다
　나는 말을 타고 가며 바람이 전하는 말을 듣는다, 武川은 예
서 얼마나 먼가

　한때는 시인이었던 풀빛의 部族들이 천막을 걷어 어디론가
이동하고 있다
　시에서 삶 쪽으로 이동인가, 삶에서 시 쪽으로의 이동인가,
암튼 한 삶이 다른 삶 쪽으로 이동하는 사이사이 풀빛의 시들

이 일어섰다 눕는다

  나는 시 같은 거 말고 사랑 같은 거 말고 뭔가 애틋한 것이
기루어 여기까지 흘러 들어온 걸 텐데, 사진관 배경 그림 같은
구름은 흘러가며 자꾸만 사진 한 장 찍고 가랜다

  예서 武川은 얼마나 먼가

  지나온 백양나무 긴 가로수 길을 생각해 본다
  민들레, 구절초驛 다 지나고 白石, 馬頭 지나 바람은 또 밤
새 마두금을 연주하려나

  저물 녘 몽골의 냇가에 말을 매어두고 흘러가는 냇물에 얼
굴을 씻는다, 말갛게
  얼굴을 내민 저 초저녁별의 이름을 이제는 알 것도 같다

그대 집

창포 강에 싸락눈이 내리는 오후
그대는 물을 긷고 나는 듣고 있었네
그대 발길에 스치는 조약돌의 음악 소리
아득한 산맥을 넘어온 시간들의 풍경 소리
내 마음이 가고 싶어하던 곳에서
오롯이 돋아나던 낮은 숨결의 불빛들
그 희미한 불빛의 계단을 살풋이 밟으며 내려오던
싸락눈, 싸락눈, 싸락눈의 和洽
창포 강에 싸락눈이 내리는 오후
그대 물동이에 담겨
나 여기 그대 집까지 왔네
그대는 검은 천막에 사는 여인
오늘 저녁 그대는
또 한 줌의 쌀을 끓이네
저물어가는 창포 강가엔 아직도 눈이 내리는데
눈발 속으로도 또 다른 눈이 내리는데
천막 속의 고요, 고요 속의 음악
나는 끓고 그대는 웃네

그대 집
희미한 호롱불 아래서

이제사 그대 입술 끝에 닿은
나, 고요한 한 잔의 창포 강

그대의 발명

느티나무 잎사귀 속으로 노오랗게 가을이 밀려와 우리 집 마당은 옆구리가 화안합니다
그 환함 속으로 밀려왔다 또 밀려 나가는 이 가을은 바라보는 것만으로도 가슴 벅찬 한 장의 음악입니다

누가 고독을 발명했습니까 지금 보이는 것들이 다 음악입니다
나는 지금 느티나무 잎사귀가 되어 고독처럼 알뜰한 음악을 연주합니다

누가 저녁을 발명했습니까 누가 귀뚜라미 울음소리를
사다리 삼아서 저 밤하늘에 있는 초저녁별들을 발명했습니까

그대를 꿈꾸어도 그대에게 가 닿을 수 없는 마음이 여러 곡의 음악을 만들어내는 저녁입니다
음악이 있어 그대는 행복합니까 세상의 아주 사소한 움직임도 음악이 되는 저녁, 나는 아무것도 하고 싶지 않아, 누워서 그대를 발명합니다

장만옥

멀리 가는 길 위에 네가 있다
바람 불어 창문들 우연의 음악을 연주하는 그 골목길에
꽃잎 진 복숭아나무 푸른 잎처럼 너는 있다
어느 날은 잠에서 깨어나 오래도록 네 생각을 한 적이 있다
사랑은 나뭇잎에 적은 글처럼 바람 속에 오고 가는 것
때로 생의 서랍 속에 켜켜이 묻혀 있다가
구랍의 달처럼 참 많은 기억을 데불고 떠오르기도 하는 것
멀리 가려다 쉬고 싶은 길 위에 문득 너는 있다
꽃잎 진 복숭아나무들이 긴 목책을 이루어
푸른 잎들이 오래도록 너를 읽고 있는 곳에
꽃잎 진 내 청춘의 감옥,
복숭아나무 그 긴 목책 속에

음악들

　너를 껴안고 잠든 밤이 있었지, 창밖에는 밤새도록 눈이 내려 그 하얀 돛배를 타고 밤의 아주 먼 곳으로 나아가면 내 청춘의 격렬비열도에 닿곤 했지, 산동 반도가 보이는 그곳에서 너와 나는 한 잎의 불멸, 두 잎의 불면, 세 잎의 사랑과 네 잎의 입맞춤으로 살았지, 사랑을 잃어버린 자들의 스산한 벌판에선 밤새 겨울밤이 말달리는 소리, 위구르, 위구르 들려오는데 아무도 침범하지 못한 내 작은 나라의 봉창을 열면 그때까지도 처마 끝 고드름에 매달려 있는 몇 방울의 음악들, 아직 아침은 멀고 대낮과 저녁은 더욱더 먼데 누군가 파뿌리 같은 눈발을 사락사락 썰며 조용히 쌀을 씻어 안치는 새벽, 내 청춘의 격렬비열도엔 아직도 음악 같은 눈이 내리지

나무들

호수 깊은 곳으로 검은 돌 하나 가라앉고 있네
나비들은 허공의 물결인 양 돛단배의 길을 열고 있네

그 사이로 흐르는 지상의 음악 소리,

내가 촛불을 들고 오래도록 바라보는 유일한 꿈
천 개의 촛불이 애태우며 꿈꾸는 나

나무들

앵두꽃을 찾아서

앵두꽃을 보러 나, 바다에 갔었네 바다는 앵두꽃을 닮은 몇 척의 흰 돛단배를 보여주고는 서둘러 수평선 너머로 사라졌으므로 나, 사라져가는 것들의 뒷모습을 아쉽게 바라보다가 후회처럼 소주 몇 잔을 들이켰네 소주이거나 항주이거나 나, 편지처럼 그리워져 몇 개의 강을 건너 앵두꽃을 찾아 산으로 갔으나 산은 또한 나뭇잎들의 시퍼런 고독을 보여주고는 이파리에 듣는 빗방울들의 서늘한 비가를 들려주었네 남악에서 들려오는 비가를 들으며 나, 또다시 앵두꽃이 피는 항산을 찾아 떠났으나 내 발걸음 비장했음은, 내 마음속으로 이미 떨어져 휘날리는 꽃잎의 숫자 많았음에랴 그리고 나, 문지방에 앉아 문득 문득 앵두꽃에 관하여 생각할 때마다 가보지 않은 이 세상의 가장 후미진 아름다운 구석을 떠올리겠지만 앵두꽃을 보기에 그대만 한 장소가 이 세상 또 어디에 있으랴 이제사 고요히 철들어 나, 앵두꽃을 보러 그대에게로 가노니, 하늘 아래 새로운 사실은 없고 그 사실 앞에서 앵두꽃이 피지 않는 곳 또한 없음에랴

短篇들

1 워터멜론슈가에서

물이 끓고 있다. 가습기 같은 내 영혼, 〈아스펜 익스트림〉이란 영화를 보고, 눈이 쌓인 설원을 생각했어야 되는데 진로 소주 한 병의 위력에도 휘청거리는 아스펜 아스피린 같은 혼몽한 겨울밤. 비명처럼 담배 한 대를 피워 물고 옛날처럼 나는 늙었다. 워터멜론슈가에서 오늘은 누가 또 미국의 송어 낚시를, 피워 무는지 몰라도 무섭도록 그리운 건 담배 한 개비 속에 떠오르는 춥디추웠던 그 골방의 기억뿐,

겨울밤엔 담배가 필요해 羊, 누군가 와줬으면 해. 워터멜론슈가에서 나 기다려.

난초 한 뿌리에 잎사귀는 열아홉 개. 거미는 다리가 여덟개. 하늘에는 쌍둥이 구름이 흘러가고 디셈버는 십이월, 옥토버는 시월, 사월은 에이프릴. 앞치마 같은 女子들.

난초를 마신다. 가습기 같은 내 영혼, 고장난 지붕 위로 비가 내려 난초를 한 컵 마시고 그는 취해서 운다. 난초잎 속의 女子들, 女子들 속의 난초잎. 쌍둥이 구름에 관한 기억들이 거리를 걸어간다. 푸르게 돋아나는 거리에서 그는 취해 간다. 포

켓볼 같은, 핀볼 같은 生. 베나레스에는 아직 벵골호랑이가 살아 있고 호랑이는 다리가 세 개.

2 페루여관에서

  그 거리를 지나 그들이 당도한 골목 끝에 섬처럼 여관이 하나 떠 있었다. 여관은 검객의 차양모 같은 지붕을 뒤집어쓰고 낡은 간판을 펄럭이고 있었는데 여관의 이름이 취생몽사였는지 동사서독이었는지 난초 잎사귀 속의 호랑이였는지 호텔 바그다드였는지 페루여관이었는지는 아무도 기억하지 못한다. 암튼 그들은 지친 육체를 이끌고 그곳에 당도한 가엾은 한 쌍의 새였다. 동사가 티브이를 틀었고 서독은 침대 위에 무너져 오래도록 누워 있었다. 아주 오래도록 누워 있었는데 동사와 서독 사이로 바람이 불고 바람은 화병에 그려진 벵골호랑이를 피워내려고 무진 애를 쓰고 있었다. 티브이 화면에서도 심하게 바람이 불고 지익 직 소리를 내며 폭설이 내리고 있었다. 폭설 속에서 밤은 또 워터멜론처럼 푸르게 푸르게 익어가고 있었을 것인데, 동사의 담배 연기만이 벽에 걸린 액자 속 여인의 두툼한 허벅지를 쓰다듬고 있었다. 벽에 걸린 여인은 동사의 담배 연기가 간지러웠던지 맥주잔을 든 채 몸을 비비 꼬고 있었는데 그녀의 가랑이 사이로 태평양의 산호섬이 보이고 푸른 물결이 넘실거리고 있었다. 서독은 액자 속 야자수 너머의 어떤 한 점을 응시한 채 계속 말없이 누워 있었고 그런 그녀에게 담배를 물려주며 동사는 그가 지나온 거리와 앞으로 가야 할 길을 생각하고 있었다. 길이 끝나는 곳에 다리가 있었다. 담배를 피워 문 채 동사는 다리를 지나 서독의 몸속으로 들어갔다. 담배를 피워 문 채, 담배가 다 타는 동안만 그들은 사랑을 나누었다. 가벼워졌어? 담배를 재떨이에 비벼 끄며 동사가 물었다. 네 몸이 나를 가볍게 해, 그렇게 대답하며 서독은 동사의 몸 한가운데를 물고 다시 어디론가 날아올랐다.

3 태양이라는 이름의 별에서

깊은 밤에 빅토르 최라는 천막을 하나 치고 알전구에 몸을 데우다 보면 태양이라는 게 뭐 별건가요. 그는 캄차트카의 火夫였다는데 화부 일을 오래 하다 보면 알게 되죠, 태양이라는 게 뭐 별건가요. 화부, 화부라는 직업 참 좋죠. 자고로 남자로 태어난 사람이라면 한번쯤 해볼 만한 일이죠. 왜 거 있잖아요, 무라카미 하루키라는 작가의 《바람의 노래를 들어라》라는 것도 알고 보면 모두 화부를 위한 작품이죠. 불 때는 남자, 그럴 듯하지 않아요? 아궁이에 불 넣는 남자. 태양이라는 게 뭐 별건가요. 바닷속 물고기의 눈동자에도 태양은 있어요. 하지만 깊은 밤에 잠들지 못하고 빅토르 최의 노래를 듣는 사람은 태양을 등진 사람이에요. 스스로 태양을 피워 올리려는 사람이죠. 거리에서 태양을 보았다고 하는 사람이 많아요. 하지만 그런 말은 믿을 게 못 되죠. 태양을 보려고 사막에 간 적이 있어요. 하지만 그곳에도 태양은 없었어요. 착각에 지나지 않아요. 그들이 태양이라고 믿는 것은 사실 태양이 아니에요. 태양은 그렇게 쉽사리 자신의 모습을 드러내지 않아요. 하지만 뭐 따지고 보면 태양이 뭐 별건가요. 태양다방도 있고 태양당구장도 있고 태양뷔페도 있는데 알고 보면 그런 게 다 태양이지요. 눈만 감으면 시시때때로 떠오르는 게 태양이에요. 희미한 옛사랑의 그림자도 다 태양 때문에 생기는 거예요. 태양다방의 아가씨도 태양이에요. 그녀의 명함 속에 분명히 씌어 있어요,

태 양 다 방

태현실(23세)
415-7474

*언제라도 태양을
불러주세요.
(24시간 배달 가능)

4 거리에서

어제는 바람이 몹시 불었어, 명동엘 갔었는데 사람들이 깃
발처럼 나부끼고 있었어. 어제는 바람이 몹시 불었어요, 명동
엘 갔었는데 사람들이 깃발처럼 나부끼고 있었어요. 어제는
바람이 몹시 불었지, 명동엘 갔었는데 사람들이 깃발처럼 나
부끼고 있었지. 어제는 바람이 몹시 불었네, 명동엘 갔었는데
사람들이 깃발처럼 나부끼고 있었네(발성연습 좀 해봤어요).

나는 티브이를 끄고 당신에게 편지를 써요
더 이상 쓰레기를 볼 수 없다고
더 이상 힘이 없다고
나는 거의 알코올중독자가 되었다고
그러나 당신은 잊지 않았다고
전화가 와서 내가 일어나려 했다고
옷을 입고 나갔다, 아니 뛰어나갔다고
그리고 나는 아프다고 피곤하다고,
그리고 이 밤을 자지 못했다고 말이에요

나는 대답을 기다려요 더 이상 희망은 없어요
곧 여름이 끝날 거예요 그래요

날씨가 좋아요 사흘째나 비가 와요
비록 라디오에서 그늘도 더운 날씨가
되겠다고 예보하지만 하긴 내가 앉아 있는
집 안 그늘은 아직 마르고 따스해요
아직이라는 것이 두려워요
시간도 빨리 흘러요 하루는 밥 먹고
삼일은 술 마셔요
창밖에 비가 오지만 재미있게 살아요
오디오가 고장나서 조용한 방에 앉아 있어도
기분이 좋기만 해요

나는 대답을 기다려요 더 이상 희망은 없어요
곧 여름이 끝날 거예요 그래요

창밖에는 공사 중이에요
크레인이 일하고 있어요
그래서 그 옆의 레스토랑이 5년째 휴업해요
책상 위에는 병이 있고 병 안에는 튤립이 있어요
창턱에는 컵이 있어요
이렇게 해가 지고 인생이 흘러가요
참으로 운이 좋지 않아요

하지만 하루라도 한 시간이라도
운 좋은 날이 오겠지요

나는 대답을 기다려요 더 이상 희망은 없어요
곧 여름이 끝날 거예요 그래요

어제는 비가 내렸네 바람이 몹시 불었네, 명동엘 갔었는데
사람들이 깃발처럼 나부끼고 있었네. 어느 죽은 가수의 노래
가, 여름이라는 노래가 깃발처럼 나부끼고 있었네. 너무 가까
운 거리가 우리를 안심시켰지만 그것은 알 수 없는 불안이었
네. 참으로 많은 비밀들이 휘청거리며 나부끼고 있었네. 가수
의 노래가 천 개의 귀를 흔들고 있었네. 스피커에서 흘러나온
영혼이 천 개의 추억을 마구 흔들고 있었네. 마침표가 없는 걸
음들이 끊임없이 쉼표처럼 뒤뚱거리며 걷고 있었네. 어디로
가야 할지 알 수 없어, 거리에서, 그 거리에서 염소처럼 나는
담배만 피워대고

5 장밋빛 모퉁이에서

그날 너는 상점 앞 평상에 앉아 나를 기다리고 있었다. 당구

장을 지나 네거리의 좌측 편에 있는 상점을 내가 지나쳐 갈 때, 네가 나를 불렀지. 우리는 좁은 언덕의 골목길들을 따라 어디론가 함께 올라가고 있었다. 저녁 시간이었는데, 아직 어둡지는 않았고 그렇다고 밝다고 말할 수도 없는 그런 저녁 무렵이었다. 나의 방에는 모과주가 익어가고 있었고 우리는 그것을 향해 걸어 올라가고 있었는지도 모른다. 너와 함께 걷고 있는 불안감이 무척이나 매혹적으로, 미지의 매혹을 간직한 하나의 달콤한 유혹의 느낌으로 나를 휘감아왔다. 나는 그 달콤한 미지의 불안을 향하여 걸어가고 있었던 것이다. 밤하늘을 향하여 하나의 달이 떠오를 무렵, 네 가슴에서는 두 개의 달이 떠오르고 있었을 것이다.

6 취생몽사

바람이 없으니 불꽃이 고요하네
살아서는 못 가는 곳을 불꽃들이 가려 하고
있네, 나도 자꾸만 따라가려 하고 있네
꽃향기에 취한 밤, 꽃들의 음악이 비통하네
그대와 나 함께 부르려 했던 노래들이 모두
비통하네, 처음부터 음악은 없었던 것이었는데

꿈속에서 노래로 나 그대를 만나려 했네
어디에도 없는 그대, 어디에도 없는 生
취해서 살아야 한다면 꿈속에서 죽으리

동사서독에 의한 變奏

—사막의 여관,

　찬바람이 태양을 몰고 가네, 바위보다 더 깊은 시간들이 오동나무 잎 속에 있네, 나 이제 웃지 않고 말하지 않으려네, 시간이 없네, 사소한 추억 속의 그대들은 길 건너편에서 밤마다 이빨을 닦고 있네, 시간이 없네, 가야 할 길의 눈 끝에 걸려 있는 수평선, 어둡네, 나 어둠이 밀고 가는 검은 돛단배, 시간이 없네, 그대들을 사랑했던 시간들이 나를 어둠 속으로 보냈으니 내 혓바닥 속에서는 사막의 바람이 소용돌이치고 있네, 찬바람이 태양을 몰고 그대 그림자 너머로 가고 있네, 그대여, 나의 낮은 그대의 밤보다도 어둡네, 5842개의 밤과 5843개의 낮을 보내고, 지금은 내 눈동자의 검은 태양이 유리창에 뜨는 5843번 째의 밤

—무사들,

　오동나무에 달이 뜨는 밤이면 나는 무사들을 본다
　그들은 음악처럼 섬세하므로 나뭇잎 몇, 목이 베인다
　때로 이렇게 잠들지 못하는 밤이면 칼날보다 사랑이 더 무섭다

칼날에 베인 자국은 상처를 남기지만 사랑에 베인 자국에서
는 밤마다 달이 뜬다
　눈을 뜨고 바라보는 세상의 풍경에서 풍경 소리 들려온다
　그 풍경 소리, 눈을 감고 바라보는 세상의 저편에까지 간다
　그 소리의 끝에 무사히 도착한 바람이 고요히 복사꽃을 피
운다
　오동나무에 달이 뜨는 밤이면 나는, 날아다니는 무사들을
본다

―난,

　화분의 난들이 죽어갔다, 화분의 흙은 어느새 사막이었다.
파리로 유학을 갔던 후배가 돌아오던 어느 날 밤, 우리는 단골
카페에서 술을 마셨다. 화분의 난들이 죽어갔다. 머리를 기른
후배가 프랑스의 이발값에 대하여 이야기했지만, 화분의 난들
이 죽어갔다. 그도 〈동사서독〉을 보았다고 했다. 나는 〈동사서
독〉에 나오는 한 여자만을 보았다고 했다. 그 여자는 누군가를
연상시킨다고 했다. 화분의 난들이 죽어갔다. 후배는 그곳에
서 넉 달간 하숙을 했다고 했다(나는 사막의 여관을 떠올렸
다). 그는 다시 프랑스로 돌아가고 싶다고 했다(나는 무사들을

떠올렸다). 우리들은 이런저런 이야기를 했다(나는 도화림을 떠올렸다). 누군가 시월에 군대에 간다고 했다(나는 술잔을 권했다). 긴 여행 잘 다녀오라고 했다(나는 맹무살수의 비장한 최후를 떠올렸다). 누군가 소주를 마시자고 했다(사람들이 소주 쪽으로 몰려갔다). 누군가 나에게 소주를 권했다(나는 좀 어지럽다고 말했다). 포장마차는 다리 위에 있었다(난, 흐르는 강물 위에 날 방뇨했다). 이제 집으로 가자고 했다(난, 죽음 뒤편으로는 어떤 구름들이 흐를까 생각했다). 화분의 난들이 죽어갔다, 내 가슴은 어느새 사막이었다. 모두들 어디로 흩어진 걸까, 화분의 난들이 죽어갔다. 누군가 가을이 올 것 같다고 말했다(난, 가을이 올 때까지 살 수 있을까). 나는 눈이 멀어가는 무사다(어두워지기 전에 오렴, 가을아). 그런데 도대체 기타는 어디에다 두었을까?

 —술은 몸을 데워주지만 물은 몸을 식혀주지!

 —그런데 도대체 기타는 어디에다 두었을까,

 또 잠이 오지 않아 나는 거실로 나와 커튼처럼 드리워진 달빛을 본다

저 달빛은 흐르는 물과도 같아서, 나는 달빛에 머리를 감으며 물빛 추억에 잠긴다

또다시 목이 말라 나는 커피포트에 물을 부으며 출렁이는 물빛을 바라본다

어느 항구에서 나는 손수건 흔들고 서 있는 사람을 홀로 두고 떠나왔는가

그대여, 별빛을 손수건처럼 흔들고 서 있는 창밖의 한 그루 나무여

나는 아직도 너의 이름을 모른다

또 잠이 오지 않아서 바람은 내 방의 자질구레한 꿈들을 흔들고,

가수는 떨리는 목소리로 밤새 노래를 불러야 한다

어디서부터 또 잠을 시작해야 되는 걸까

어디까지 또 꿈을 가지고 가야 되는 걸까

그런데 도대체 내 기타는 누가 가져간 걸까

또다시 잠이 오지 않아서 나는 자꾸만 읽었던 시간의 앞쪽을 뒤적거리고 있다

무가당 담배 클럽에서의 술고래 낚시

저 숲 속 깊은 곳으로 가면 무가당 담배 클럽이 있다네, 어떤 사람들은 그걸 애연가 클럽으로 알고, 또 어떤 사람들은 담배를 끊으려는 금연 동맹 정도로 아는데, 무가당 담배 클럽은 도심에 호랑이를 풀어놓기 위한 시민 연합과 차라리 그 성격이 비슷하다네, 얼음이 물이 되고 종달새가 우는 봄이 오면 무가당 담배 클럽에서는 무슨 일이 일어나고 있나, 아는 사람은 다 알지, 무가당 담배 클럽에서 봄을 맞이하여 첫 번째로 하는 일은 지난 겨울 읽던 책들을 절구통에 넣고 빻아서 떡을 만들어 먹는 일, 겨우내 얼어붙었던 얼음 맥주의 강을 망치로 부수어 마시는 일 그리고 그 강물 속에서 술에 절어 겨울잠을 자던 술고래들을 낚시하는 것, 그렇다면 술고래들의 겨울잠이 무가당 담배 클럽에 무슨 해를 끼치기라도 했단 말인가, 그렇지는 않지만 얼음 맥주의 강에서 얼음장을 깨고 술고래들을 낚는 일은 너무나 재미있는 일이라네, 술고래들은 한결같이 잠에 취한 채 정신없이 끌려 나오지, 낚시로 잡아 올린 술고래들을 운반하기 위하여 무가당 담배 클럽의 마을에는 기차가 드나드는 작은 역도 하나 생겨났지, 하루에 두 번 기적을 울리며 기차가 들어올 때면 술고래들은 잠에서 깨어나 펄쩍펄쩍 뛰지, 그러나 이미 때는 늦은 거라네, 술고래들은 아마 도시로 팔려 나가 사람들을 위해 얼음 맥주의 호수를 망치로 부수는 일을 하겠지, 더러는 커다란 수족관 같은 데서

술 마시고 담배 피우는 연기를 하기도 하겠지, 무가당 담배 클럽에서는 올해도 상당한 숫자의 술고래를 도시와 계약했다지, 얼음이 물이 되는 봄이 오면 무가당 담배 클럽의 술고래 낚시가 더욱 바빠지겠네

무가당 담배 클럽과 바람의 국경선

　우연의 음악이 바람의 국경선을 넘나드는 곳에 무가당 담배 클럽이 있다, 식당 먹으러 가자, 이것은 무가당 담배 클럽의 그 흔한 농담들 중의 하나이지만 그런 농담만을 듣고도 무가당 담배 클럽의 회원을 색출해 내는 귀신같은 자들이 있다, 그 비밀 요원들은 바람의 국경선 저 너머에서 왔다, 그들은 무가당 담배 클럽 저편의 세계에 봉사하는 자들이다, 무가당 담배 클럽에는 이런 비밀 요원들과 회원들이 서로 뒤섞여 있기 때문에, 막상 무가당 담배 클럽에 하루 종일 있으면서 산책을 하고 농담을 하고 때때로 함께 어울려 술을 마시기도 하지만, 누가 진짜 무가당 담배 클럽 회원인지를 아는 사람은 아무도 없다, 이곳의 남자와 여자들도 어느 날은 술에 취해 밤새도록 침대 위를 뒹굴며 서로의 육체를 탐하기도 하지만 그러나 아무리 몸을 뒤섞어도 서로가 진짜 회원이라는 확신을 가지지는 못한다, 간혹 또 어느 날은 전혀 예상치도 못했던 사람이 무가당 담배 클럽 회원으로 밝혀져 바람의 국경선 저 너머로 압송되기도 한다, 그의 죄는 너무 아름다운 노래를 불렀다는 것이다, 그래서 무가당 담배 클럽을 너무 낭만적인 분위기로 몰아갔다는 것이다, 지금 조용히 고백하건대(이 글을 읽는 그대들만 알고 있으라), 사실 나는 무가당 담배 클럽의 핵심 요원이다, 그런데 이런 나조차도 정확한 회원의 숫자와 그 규모를 알지 못한다, 나는 지금 무가당 담배 클럽 한구석 내 자리에 앉아 조용히 이 글을 쓰고 있다, 어젯밤 심하게 과음했더니 숙취 때문에 나는 지금 몹시 머리가 아프고 속이 쓰리다, 이 글을 쓰는 것도 몹시 힘든데 야, 식당 먹으러 가자, 누군가 또 저 건너편에서 외친다, 가자, 우연의 음악이 바람의 국경선을 넘나드는 곳에 무가당 담배 클럽은 있다, 식당 먹으러 가자

그리고 그 후에 기타의 눈물이 시작되네

1 처음에

처음에는 아무런 말도 할 수 없었네, 때로는 침묵이 악기처럼 울릴 때도 있는 법, 나는 다섯 개의 검을 가지고 있었지만 심장은 단 하나밖에 없었네, 단 하나의 심장으로도 사랑은 시작되는 것, 바람은 고요히 나뭇잎들을 흔들지만 처음부터 나뭇잎은 단 하나의 심장 때문에 흔들리는 것이라네, 처음에는 아무런 노래도 할 수 없었네, 그러나 침묵이 악기처럼 울릴 때, 노래는 그리움의 상처로부터 돋아나는 달빛의 새살, 바람이 없어도 저 홀로 나부끼는 깃발이라는 것을, 나의 기타는 아네, 다섯 개의 검에 베어진 심장을 지닌 나의 기타는 아네, 자신의 상처가 노래임을, 상처받은 한 마리의 고통, 하나의 심장이 노래의 유일한 근원임을

2 지나간 후에

그래서, 기타를 한구석에 밀어두고, 그래서 나는 그 여인이 처녀인 줄 알고 강가로 데리고 갔다, 그러나 그 여자는 남편이 있었다, 때는 마치 약속이나 한 듯 시골의 잔치가 끝나가는 축제의 밤이어서 모든 등불이 다 꺼져 있었고 귀뚜라미만

이 울고 있었다, 아주 후미진 곳에 이르렀을 때, 나는 그녀의 잠든 유방을 애무했다, 그러자 그녀는 잘 익은 석류처럼 순간적으로 활짝 열려오는 것이었다, 가볍게 풀을 먹인 속치마는 열 개의 칼에 찢긴 비단 조각같이 나의 귓전을 울려주었다, 가지와 잎에 달빛도 받지 않고 나무들은 잘도 자랐던 것이다, 그리고 멀리 강 건너 어두운 벌판에선 개가 짖어대고 있었다, 산딸기와 등나무 덤불 그리고 가시나무 숲을 넘어 그 밑에 오목한 자리를 마련하였다, 나는 넥타이를 풀었고 그녀는 옷을 벗었다, 나는 허리띠를 풀었고 그녀는 네 개의 속옷을 벗었다, 목화송이도 달팽이도 그렇게 보드라운 살결을 가질 수는 없었다, 달빛을 받은 수정도 그렇게 맑게 빛날 수는 없는 것이다, 그녀의 살결은 놀란 물고기같이 내게서 미끄러져 빠졌고, 근육의 반은 뜨겁게 타는 불, 반은 차가운 것이었다, 그날 밤 나는 고삐도 안장도 없는 진주로 된 어린 말을 타고 이 세상에서 가장 좋은 길 중의 길을 달렸다, 그 남자를 위해, 그녀가 내게 고백한 사연은 말하지 않으련다, 이해의 빛은 무척 나를 신중하게 만들었기 때문이다, 포옹과 모래로 불결해진 그녀를 데리고 강으로부터 나는 나왔다, 공중에서는 백합의 칼들이 서로 싸우고 있었다, 나는 나답게 행동을 하였다, 정통의 집시답게 말이다, 난 그녀에게 노란색 비단으로 수놓은 커다란 바느질 함 하나를 선사하였다, 그러나 내가 강가로 데

리고 갈 때, 남편을 가졌으면서도 처녀라고 말한 그 여자를
더 이상 사랑하고 싶지는 않았다

3 그 다음에

그래서, 가르시아 로르까*의 시집을 덮고 나니 에밀 쿠스트
리차의 〈집시의 시간〉이 떠올랐다, 그래서 그 다음에 전인권
의 〈사랑한 후에〉라는 노래를 들었다, 밤은 참 길기도 하다,
빅토르 최의 노래를 더 들으며 세 대의 담배를 연거푸 피웠다,
재채기가 나고 콧물이 났다, 휴지로 코를 풀었더니 눈물이 났
다, 그래서 〈사랑에 관한 짧은 필름〉을 생각했다, 밤은 참 길
기도 하다, 아직 기타를 치고 싶지는 않았다, 그래서 라디오를
틀었다, 밤은 참 길기도 하다, 라디오에서는 여자 아나운서가
음악 프로를 진행하고 있었다, 그녀는 아마 낮에 한숨 푹 잤을
거라는 생각을 했다, 심심해서 화분에 물을 주고 커피를 한 잔
타 먹었다, 담배를 또 한 대 피웠다, 그래도 갈증이 나서 커피
를 한 잔 더 먹었다, 밤은 참 길기도 하다, 사람들은 왜 나에게
전화도 하지 않고 벌써 잠들어버린 걸까, 턴테이블 위에 올려
놓은 중국 악기를 쳐다보았다, 악기가 마오 쩌뚱, 기울어져 있
었다, 활을 들고 연주하면 띵 샤오핑, 소리가 날 것 같았다, 밤

은 참 길기도 하다, 어항을 열어 거북이 밥을 주고 나서 로리
콜윈이라는 여성 작가의 〈情婦〉라는 단편을 읽었다, 또 담배
가 피우고 싶어져서 창문을 열고 담배를 피웠다, 또 재채기가
났다, 휴지로 다시 코를 풀었다, 여자 아나운서는 여전히 졸리
지 않은 목소리로 방송을 진행하고 있었다, 이 시간엔 그녀의
음성이 음악 같다, 밤은 참 길기도 하다, 창밖에는 함박눈이
내린다, 아니 내리지 않아도 나는 이 시간엔 그렇게 쓰고 싶
다, 그러나 창문을 열어보니 진짜로 눈이 내린다, 밤은 참 길
기도 하다, 새벽을 고요히 덮어가는 눈발, 나는 강원도의 힘을
느낀다, 강원도의 힘은 저 눈발로부터 온다, 지상의 모든 것들
을 순식간에 뒤덮어버리는 저 무지하고 순수한 反動으로부터,
그리고 그 눈발을 먹고 자라나는 겨울나무들로부터, 나는 내
가 강원도 출신이어서 지금 이 글을 쓰고 있다고 생각한다, 나
는 내가 지금 강원도에 있지 못하므로 이 글을 쓰고 있다고 생
각한다, 밤은 참 길기도 하다, 강, 원, 도, 라고 속으로 발음해
본다, 언젠가 돌아가고 싶다 그 품으로, 밤은 참 길기도 하다,
죽어서 또 다른 부활을 꿈꾸는 영혼의 대지를 감싸며 눈은 사
랑의 힘으로 밤새 내린다, 그러나 아직 나는 기타를 치고 싶지
는 않았다, 밤은 참 길기도 하다

4 그리고 그 후에

기타의 눈물이 시작되네, 새벽의 술잔을 깨며 기타의 눈물
이 시작되네, 기타를 침묵케 함은 헛된 일, 기타를 침묵시킴
은 불가능한 일, 지상에 낮게 깔린 물결이 울고, 눈 쌓인 산정
에서 겨울바람이 울듯 단조롭게 기타가 울고 있네, 기타를 침
묵시킴은 불가능한 일, 멀리 있는 사물을 위하여 기타는 운다
네, 뜨거운 남쪽 나라 모래는 하얀 동백꽃 잎을 구하네, 표적
없는 화살인 양, 아침 없는 오후에 나뭇가지 위에서 제일 먼
저 죽어간 새를, 기타는 울어주네, 아, 기타여! 다섯 개의 검
으로 베어진 심장이! (울고 있는)

5 눈 내린 아침에

―뭐처럼 생긴 것 같아?
―머리에 볶음밥을 올려놓은 것 같아
눈이 내린 아침, 로르까의 사진을 보여줬더니 어린 아들이
한 말이다

그래서, 나는 나의 기타를 연주하네, 검은 눈동자로 바라보

는 어두운 숲의 저편에서 밤새도록 함박눈이 내려 새들의 날
개가 젖어갈 때 내 기타의 눈물이 시작되네

나는 나의 기타를 연주하네, 다섯 개의 검으로 베어진 심장
이 울어 신열처럼 밤새 내가 듣던 음악

나는 나의 기타를 연주하네, 가르시아 로르까라는 악기, 밤
새 내가 듣던 숨결보다 더 고요한 음악, 이런 것들, 저런 것들,
둥둥둥 울리는 추억의 기타 등등을 위해

나는 나의 기타를 연주하네, 새벽 세 시의 사막과 네 시의
적막 그리고 다섯 시의 눈발을 지나 다다른 이 환한 아침에

나는 나의 기타를 연주하네, 내 기침 소리 덮어버리며 내리
는 무모한 폭설을 위해, 그 폭설을 바라보던 간밤의 아득한 신
열을 위해

나는 나의 기타를 연주하네, 그리고 그 후에 기타의 눈물이
시작되네, 라는 시를 이제 막 쓰려고 하는 나를 위해, 눈 내린
이 아침에

나는 나의 기타를 연주하네,
그리고 그 후에 기타의 눈물이 시작되네

---

* 가르시아 로르까: (1898~1936) 스페인의 시인.
** '2 지나간 후에'와 '4 그리고 그 후에'는 로르까의 〈부정한 유부녀〉와 〈기
타〉라는 시를 변형하여, 인용하였음을 밝힌다.

그때까지 사랑이여,
내가 불멸이 아니어서 미안하다

그날 불멸이 나를 찾아왔다

나는 낡은 태양의 오후를 지나, 또 무수한 상점들을 지나 거기에 갔으므로 너무나 지쳐 있었는지도 모른다

내 등 뒤로는 음악 같은 나뭇잎들이 뚝뚝 떨어지고, 서러운 풍경의 저녁이 짐승처럼 다가오고 있었는지도 모른다

나는 주머니 속에서 성냥을 꺼내어 한 점의 불꽃을 피워 올렸다, 영원은 그렇게 본질적인 불꽃 속에 숨어 있다가 어느 한 순간 타오르기도 한다

그날 불멸이 나를 찾아왔다, 아니 그날 내가 불멸을 찾아 나섰는지도 모른다, 뿌연 공기들을 헤치며 이 지상에는 없는 시간을 나는 찾아 나섰다

내가 한 마리의 식물처럼 고요했던 시간, 내가 한 그루의 짐승처럼 그렇게 타올랐던 시간, 바람과 불의 시간을 지나 공기의 정원에서 내가 얼음꽃을 피워 올렸던 그 단단한 침묵의 시간을 찾아 나는 나섰다

그런데 그날 불멸이 나를 찾아왔다

나는 늘 불멸을 꿈꾸었지만, 그렇게 불멸을 만나리라고는 생각지도 않았으므로, 나는 오히려 불멸이 너무나 낯설었는데, 어쨌든 불멸은 내가 갔던 거기에, 그렇게 당도해 있었다

네가 불멸이니, 그때 너무나 당황했으므로 나는 속으로 그렇게 물어보았는지도 모른다

불멸이 이제 나에게 당도했으므로 나는 어찌할 줄을 모른다, 오랫동안 불멸을 꿈꾸어왔지만 불멸이 나에게 당도했을 때, 어떻게 해야 하는지 나는 한 번도 생각해 본 적이 없기 때문이다

나는 이제 불멸 앞에서 이 세계의 본질적인 사랑을 생각한다

불멸도, 사랑도, 내 생각으로는 그저 저 스스로 존재하는 그 무엇일 뿐이다

그리고 그 누군가는 나에게 또 불멸의 아름다운 시를 쓰라고 한다, 그러나 나는 이제 쓰지 않는다, 불멸의 아름다움이

란, 느끼는 자의 내면 속에서 수시로 숨 쉬고 존재하며, 자라 나고 있기 때문이다

그러므로 이것은 시가 아니다

시가 아니므로 불멸이 아니고 불멸이 아니므로, 이것은 불멸의 시가 된다

그렇다, 당신이 이 글에서 시를 읽어내려고 했다면 당신은 이미 시인이다, 그러나 시 아닌 그 무엇을 읽어냈다면 이미 당신은 또 하나의 불멸인 것이다

그대를 찾아 나섰다가 나는 불멸을 만났다, 그러나 나는 아직 불멸이 몹시도 불편하고 어색하다

불멸이 나를 찾아왔을 때 나는 불멸이 아니었지만, 나도 언젠가는 내가 꿈꾸던 불멸에 닿을 것이다

나도 언젠가는 저 별들에게로 돌아갈 것이므로, 나도 언젠가는 불멸인 것이다

그리고 어느 먼 훗날, 태양이 식어가는 낡고 오래된 천막 같은 밤하늘의 모퉁이에서 서러운 별똥별로 다시 만난다 하더라도, 나는 아직 살아 있으므로, 나는 불멸이 아니라 오래도록 너의 음악이다

그때까지 사랑이여, 내가 불멸이 아니어서 미안하다
그때까지 불멸이여, 내가 사랑이 아니더라도 나를 꿈꾸어 다오

버찌

허공의 경계선을 지나
운석처럼 버찌들이 떨어진다
저들이 태어나 한 생애를 견디고
끝내 가고자 하는 곳은 어디인가
한 점 핏방울로 맺히는
망명점. 북반구의 유월

기억나지 않는 生涯

저 너머로,
지가 그 무슨
열혈남아라도 되는 양
핏빛으로
버찌가 떨어진다

이해받지 못한
울음 덩어리의 生

| 수상 소감 |

번잡한 일상 지나 당도한 '천상의 시간'

숨 쉬는 것조차도 정치적 행위가 되어버리는 이 땅에서 시를 쓴다는 것이, 시인으로 산다는 것이 하나의 '고요한 혁명'임을 깨닫는 아침입니다. 지금 한국의 시가 사춘기라면 제 시는 아직도 전생前生이겠지요. 그러나 시를 쓰면 보여줄 수 있는 도반道伴들이 있어 조금은 행복해져도 될 듯한 시간입니다.

| 자전적 에세이 |

시퍼런 연민의 세월과 청춘의 사막을 지나

시인이 되기 전, 그리고 시인이 된 후 내가 쓴 글의 대부분은 내 안의 '은밀한 사랑'에 바치는 일종의 송가였다. 그러나 이제 세상에 사랑은 애초부터 존재하지 않음을 알 만한 나이가 됐다. 그러나 아직도 나는 내가 읽으면서 몽상할 수 있는 그런 시를 쓰고 싶다. 고구려보다 몽골보다 더 넓게 울려 퍼지는 시, 장엄하고 내 영혼이 지치지 않고 말 달릴 수 있는 거대한 고독의 벌판 같은 시를 쓰고 싶다.

번잡한 일상 지나 당도한 '천상의 시간'
— 수상 소식에 잠 못 이룬 '고요한 새벽' 앞에서

> 숨 쉬는 것조차도 정치적 행위가 되어버리는 이 땅에서 시를 쓴다는 것이, 시인으로 산다는 것이 하나의 '고요한 혁명'임을 깨닫는 아침입니다. 지금 한국의 시가 사춘기라면 제 시는 아직도 전생前生이겠지요. 그러나 시를 쓰면 보여줄 수 있는 도반道伴들이 있어 조금은 행복해져도 될 듯한 시간입니다.

박정대

따스한 봄날 몇 분의 선생님들과 화순 운주사에 다녀왔습니다. 저물 녘에 당도한 운주사에는 별빛들이 내려와 있었고 그 별빛들을 덮고 돌부처들은 고요히 누워 있었습니다. 그 곁에 함께 드러누워 나도 한 천년 별빛을 꿈꾸고 싶었지만 그럴 수 없었습니다. '지상地上에서의 일정들' 때문에 몸과 마음이 바빴기 때문입니다. 허나 지금 돌이켜보면, 지상에서 나의 일정이란 '시쓰는 일' 밖에 없을 터인데, 그때는 뭐가 그리 바빴는지 잘 모르겠습니다. 지상에서의 그 쓸데없는 '바쁨'으로부터 이제 서서히 걸어 나오라고, 하얀 달빛이 저를 불러내는 지금은 새벽입니다.

명자나무 아래에서 글을 쓰는 새벽입니다. 낮에 수상 소식을 듣고 얼떨떨하고도 기쁜 마음밭에, 술 몇 잔 쏟아붓고 그 번잡한 일상을 다 지난 뒤에 당도한 새벽입니다. 저는 이 시간을 '천상의 시간'이라고 부릅니다. 일상과는 다른 경첩이 달린 시간의 문을 통해 당도한 나만의 시간이기 때문이지요. 지금 제 곁에는 소철, 소설, 세엽풍란, 이런 것들과 음악만이 있습니다. 지금 제가 속해 있는 이 시간을 당신에게도 보여줄 수 있다면 얼마나 좋을까요. 새벽입니다, 검은 새벽의 시간 속에서는 물먹은 별들이 단풍처럼 익어가고 음악들은 들숨과 날숨으로 그들의 정치를 표현합니다. 참 많은 것들이 내게로 오기도 하고, 참 많은 것들이 내게서 떠나가기도 하는 그런 날들입니다. 그래서 빛나는, 참 많은 별들을 당신과 함께 보고 싶은 그런 날들입니다. 그러나 이런 세월들도 '고요한 새벽' 앞에서는 한낱 세월일 뿐입니다. 새벽은 고요함으로써 당당하게 자신의 음악을 들려줍니다. 저도 한때는 그 고요하고 당당한 음악을 닮고 싶었습니다. 행복의 한복판에서 당당하게 저의 음악을 연주하고 싶었습니다. 그러나 제가 속해 있는 이 땅은 아직도 당당하게 행복해질 수가 없는 곳이어서, 저는 여전히 월세 같은, 세월의 부스럼 같은 시를 끄적거립니다. 제가 쓰는 시가 펄펄 끓어오르는 라면처럼 맛있는 냄새를 풍기며 여러 사람들의 배고픔에 다가갈 수 있다면 또한 얼마나 좋을까요, 그런 생각을 하는 지금은 새벽입니다. 창밖에는 소월素月이 빛나고, 제 발등에서는 소설이 턱을 괴고 자고 있는 새벽입니다. 제 기침 소리만이 실내악처럼 고요히 들려오는 시간입니다. 그러나 지금은 또한 천 개의 고원에 피어 있는 만 개의 구절초에게 감사해야 할 시간인 것 같습니다. 끝까지 읽기도 힘든, 횡설수설의 긴 시편들을 끝까지 읽어주시고 거기에 '소월시문학상'이라는 영예까지 얹어주신 심사위원 선생님들께 먼저 감사드립니다. 그리고 수상 소식을 듣고 불원천리 술병부터 들고 찾아온 정겨운 동무들과 쓸쓸하고 고단할 때면 늘 제 마음밭에서 피어나는 청보리 같은 벗들과 가족에게도 거듭 감사드립니다.

어느덧 새벽을 지나 고요한 아침입니다. 숨 쉬는 것조차도 정치적 행위가 되어버리는 이 땅에서 시를 쓴다는 것이, 시인으로 산다는 것이 하나의 '고요한 혁명'임을 깨닫는 아침입니다. 지금 한국의 시가 사춘기라면 제 시는 아직도 전생前生이겠지요. 그러나 시를 쓰면 보여줄 수 있는 도반道伴들이 있어 조금은 행복해져도 될 듯한 시간입니다. 그리고 저는 지금, '내 안의 날숨과 들숨이 세상을 향해 뚫어놓은 작은 통로, 맑고 차가운 숨결들이 누 떼처럼 넘나드는 저 벅찬 통로, 날것들이 생생하게 넘나드는 생의 경계선'인 제 방의 봉창문 앞에서 이 글을 쓰고 있습니다. 밤새 말을 달려 당도한 이곳은 봉창문 앞에 놓여 있는 저의 집안集安입니다. 고독이 또 다른 고독을 만나 고구려고구려高句麗高句麗 넓어지는 소리, 침묵이 또 다른 침묵 위에 백제백제百濟百濟 쌓이는 소리, 얼음장 속 송사리들 신라신라新羅新羅 지느러미 흔들리는 소리 들려오는 여기는, 분단된 고요한 아침의 나라입니다. 소월이 사라진 하늘에서 접동접동 아우래비 접동, 음악 소리만 들려오는 이 아침의 시간을 고스란히 그대에게 들려줄 수 있다면 얼마나 좋을까요.

아득한 아침입니다. 아침 여섯 시 반의 시원한 바람이 내 미뢰를 일깨우는 아침입니다. 윤달이 끼여 있어 몸은 사월에 당도해 있지만 마음은 아직 이월에 있는 분단의 아침입니다. 명자나무 아래서 아직 오지 않은 봄을 기다리고 있는 아침입니다. 세상 끝의, 바다 끝의 분단국에서 창문을 열고 깊은숨을 들이마시는, 온몸으로, 온 마음을 끌고 이제사 당도한 고요한 나의 아침입니다. 창 틈을 비집고 들어오는 희미한 햇살들이 시의 와불들을 일으켜 세우려고 합니다. 그 '일어남'과 '드러누움' 사이에서 제 시가 막 태어나려고 하는, 아직은 태어나지도 못한, 시의 전생의 아침입니다. 그래서 아득하기만 한, 한 천년 그럴 것만 같은 이 아침에 봉창문을 열고 '안녕' 하고, 뒤늦게 서러운 모국어로 세상의 들판에 인사를 보냅니다.

시퍼런 연민의 세월과 청춘의 사막을 지나
—나의 시, 나의 삶을 말한다

시인이 되기 전, 그리고 시인이 된 후 내가 쓴 글의 대부분은 내 안의 '은밀한 사랑'에 바치는 일종의 송가였다. 그러나 이제 세상에 사랑은 애초부터 존재하지 않음을 알 만한 나이가 됐다. 그러나 아직도 나는 내가 읽으면서 몽상할 수 있는 그런 시를 쓰고 싶다. 고구려보다 몽골보다 더 넓게 울려 퍼지는 시, 장엄하고 내 영혼이 지치지 않고 말 달릴 수 있는 거대한 고독의 벌판 같은 시를 쓰고 싶다.

박정대

**이 세계는 의미심장한 것도 부조리한 것도 아닌 다만 존재
할 뿐이라는 걸 이해하는 데 청춘의 팔 할을 소모했다**

아직도 청바지를 입는 것이 편한 나이에 아무리 '문학적'이라고 해도, 자서전을 쓴다는 것은 어불성설이다. 나는 자서전을 쓸 만큼 살지도 않았거니와 누구에게 내 자서전을 읽힐 만큼 특별한 삶을 꾸려오지도 않았기 때문이다. 그러므로 다음의 글들은 한 십여 년 전쯤, 아니 한 이십 년 전쯤, 아니 어쩌면 그보다 더 먼 전생의 아득한 시절, 시퍼런 연민의 세월과 청춘의 사막을 건너가고자 했던 어떤 낡은 청바지에 대한 짧은 조서調書 같은 것이 될 것이다.

나는, 내가 읽으면서 몽상할 수 있는 그런 책을 쓰려고 한다, 라는 파스칼 키냐르의 말에 나는 전적으로 동감한다. 그러나 이러한 생각이 키냐르만의 것은 아닐 것이다. 그 이전에 호르헤 루이스 보르헤스가 그러했으며 가스통 바슐라르와 로맹 가리와 르 클레지오도 그러했을 것이다. 나는 문학적으로 아주 서툰 나이에 그들에게서 그러한 것들을 배웠다. 아마 머리를 기르고 뒷골목의 술집들을 전전하며 카뮈의 문장에 버금가지 않는 글들은 아예 한 줄도 쓰지 않겠다고, 유치찬란한 호언장담을 일삼던 사주황음의 날들 속에서였을 것이다.

　또한, 이 세계는 의미심장한 것도 부조리한 것도 아니다, 다만 존재할 뿐이다, 라는 알랭 로브그리예의 말을 이해하는 데 나는 내 청춘의 팔 할을 소모했다. 그저 내 청춘이란 성냥불을 켜서 맛있게 담배 한 모금을 피우고 싶었을 뿐이었는데, 나에게로 불어오는 이 세상의 바람은 그것조차도 쉽게 허락하질 않았다. 세상의 바람 앞에서 나의 성냥불은 자주 꺼졌고, 그때 나는 너무 어려서 나에게로 불어오던 그 바람의 근원에 대하여 잘 알지 못했다.

강원도 촌놈이 서울 와서 가장 먼저 한 일은 한심하게도 토한 일이었고, 사막 같은 서울에서 살아남기 위해 시를 쓸 수밖에 없었다

　1984년 봄, 성북역에서 30번 버스를 타고 안암동에 당도했을 때 나는 버스에서 내리자마자 토했다. 버스에서 나는 심한 가솔린 냄새 때문이었다. 내 무의식에 아직도 서울이라는 도시의 냄새는 그 역한 가솔린 냄새로 남아 있다. 강원도 촌놈이 서울에 와서 가장 먼저 한 일은 한심하게도 토한 일이었다. 그때 나는 직감적으로 알았다. 서울이라는 도시는 내가 오래 살 곳이 아님을. 그리고 그때 나는, 공부를 마치면 하루 빨리 탁한 공기의 서울을 빠져나가야겠다는 결심을 했었다. 그런데 벌써 그러한 결심을 한 지 20년이 흘렀다. 나는 20년째 서울을 벗어나지 못하고 있는 것이다. 이제 서울의 가솔린 냄새는 내 폐부에 스며들어 내 숨결의 일부가 되었다. 나는 그 순결하지 못한 숨결로 아이들을 가르치며 13년째 서울에서 밥벌이를 하고 있다.

사막 같은 서울에서 살아남기 위하여, 나는 시를 쓰지 않을 수 없었다. 도무지 내 눈앞에 보이는 현실을 인정할 수가 없었던 것이다. 나는 내 영혼이 거주할 수 있는 새로운 현실을 만들어내지 않으면 단 한 순간도 서울을 버텨낼 자신이 없었던 것이다. 내 영혼이 편안하게 숨 쉴 수 있는 새로운 세계의 창조, 남들이 뭐라고 하든 내가 숨 쉬고 꿈꿀 수 있는 공간, 내 영혼의 유목민들이 초원과 사막에서의 유랑을 마치고 돌아와 따스한 한 잔의 차를 마시며 음악을 들을 수 있는 곳이 나에게는 그토록 절실했던 것이다.

나는 등단 이후, 《단편들》과 《내 청춘의 격렬비열도엔 아직도 음악 같은 눈이 내리지》라는 두 권의 시집을 통해 내가 꿈꾸는 세계를 제시하기도 하고, 그곳에 가 닿을 수 없는 현실에서의 좌절감과 분노를 표현하기도 했었다. 그러나 내가 그토록 벗어나고자 했던 '현실'의 세계는 누군가의 말처럼 의미심장한 것도 부조리한 것도 아니었다. 다만 '거기에', '그렇게' 존재하고 있을 뿐이었다.

깃발과 함성에 익숙하지 못했던 나는 격동하는 시대의 거센 물결에 휩싸인 채 시를 읽고 시를 쓰는 데 열중했다

1984년 봄 고대 민주광장에는 붉은 깃발과 함성이 가득했다. 그것이 부푼 꿈을 안고 시골에서 갓 상경한 촌놈의 눈에 비친 대학의 모습이었다. 그때까지 내가 꿈꾸던 대학교의 모습과는 정말로 딴판이었다. 나는 대학생이라면 잔디밭에서 통기타를 두드리거나 도서관에서 책에 파묻혀 있다가 그리운 고향 하늘을 향해 짧은 엽서를 띄우는 그런 낭만적인 모습만을 상상했었기 때문이다.

강원도 산골인 정선에서 태어나 깃발과 함성에 익숙하지 못했던 나는 사실 그해 봄, 별로 갈 곳이 없었다. 기숙사와 도서관을 시계추처럼 왔다 갔다 하던 나는 어느새 대학에 싫증을 내고 있었다. 글을 쓰기 위해 대학에 왔는데 막상 대학의 현실은 '문학'이라는 것과는 너무 동떨어져 있다고 생각했기 때문이었다. 어느새 내 발길은 도서관보다는 뒷골목의 술집들을 전전하고 있었다. 술에 파묻혀 있으면 한순간 내 영혼에는 맑은 샘물이 흐르고 초저녁별들이 떠오르는 것 같았다. 그러나 그러한 술로의 도피가 계속될 수도 없었다. 아무리 술을 마시고 현실에서 도피하려고 해도, 옆의 술자리에서는 사구체 논쟁 소리가 들려왔고, 누가 수배 중이니 어디를 점거농성 중이니 내일은 어디로 가투를 나가느니 하는 말들이 끊임없이 들려왔다. 《무엇을 할 것인가》, 《어머니》, 나는 니콜라이 체르니셰프스키와 막심 고리키의 소설을 읽으면서 내가 처한 현실에 대하여 처음부터, 근본적으로 다시 생각하지 않을 수 없었다. 그러면서 나는 서로 어울리지 않는, 샤를 보들레르와 베르톨

트 브레히트와 르네 샤르의 시를 함께 읽었고 소월과 이상과 백석과 정지용을 뒤섞어 읽었으며 김종삼과 박용래와 신경림과 정현종과 황동규와 김남주를 함께 읽었다. 그러나 그 시인들의 시조차도 내 머릿속에서는 끊임없이 사구체 논쟁을 벌이고 있었다. 그 당시 시와 현실을 이분법적으로 생각했던 어리석고 단순했던 나에게 있어서 '현실'에 대한 명확한 규정이 없는 한, 시를 쓰는 행위는 어쩌면 무모하고도 무의미한 것이었는지도 모른다. 그리고 그 후 몇 년이 흐른 뒤, 80년대를 통과한 대부분의 문학도들이 그러하듯이, 영양실조에 걸린 내 서툰 문학의 자양분의 물길은 동시대의 젊은 시인들로부터 왔다. 나는 그들의 시를 한 편 읽을 때마다 나의 시를 한 편씩 썼다. 그러나 내가 읽고 쓰는 시들과 현실에서 발현되는 느낌의 총체성에 대한 아득한 괴리감은 도저히 메울 수 없는 난감한 차이를 보여주고 있었다.

한마디로 지나간 80년대는 거리가 온통 부석사였다. 거리 위 허공에 지어진 부석사들이 제각기 망명정부를 선포하던 찬란한 비애의 시대였다. 그대에게는 어느 날 징집 명령이 떨어지고 또 다른 그대에게는 그녀가 실연을 선언하고, 또 다른 먼 그대는 뒷골목의 술집을 꿰차고 앉아 밤새도록 술을 퍼마셨다. 그럴 때마다 왜 그렇게 처량하게 비는 또 내렸던 것인지. 밤새 퍼마신 술기운으로 비틀대며 일어서던 신새벽, 우리들 가슴에 수많은 목책처럼 꽂히던 별빛들은 왜 그리 또 아팠었는지. 별빛을 보며 길을 찾던 사람들의 시대는 이미 오래전에 가고 이제는 각자 자신의 눈물의 길을 따라 이합집산하며 게릴라들처럼 흩어져갔다. 모든 게 그런 식으로 흐지부지 떠나고 남은 자의 시선에 비쳐진 풍경은 또한 연애처럼 아팠다. 후박나무 잎사귀 아래서 어두운 일기나 쓰면서 살걸, 어쩌자고 나는 사철나무 잎을 말아 담배 피우는 시늉을 하며 저주받은 시인처럼 길거리의 부석사를 향해 나섰던 것일까. 아, 그때 허공을 가르며 날아가던 부석사들, 그 부석사들이 내던 음악 소리, 나 이제서야 조금씩 아프게 그 소리를 듣는다. 태양의 기억이 점점 흐려져가도 날이 갈수록, 그때 허공을 지나고 공허를 지나 날아가던 부석사들의 음악 소리. 이제서야 나는 알겠다. 이렇게 날 아프게 하는 것, 그것이 무엇이었는지.

그 후, 나는 1990년에 문단에 등단했다. 군대에서 제대하고 막 복학했을 무렵이었을 것이다. 그러나 그 당시 나는 무슨 이유에서인지 세상에 대하여 끊임없이 절망하고 있을 때였다. 눈에 보이는 것들이 도무지 현실 같지가 않았고, 현실에서는 아주 사소한 의미조차도 건져낼 수 없었다. 등단은 했지만 삶이 황폐하기는 마찬가지였다. 서울에 있으면 끝없이 몸과 마음이 소모되어 갔고 그나마 시골로 내려가면 그 황폐함이 다소 위로받기도 했다. 그 당시 겨울방학 때 시골에 내려가 대학의 한 후배에게 보냈던 편지엔 이러한 나의 심경이 잘 드러나 있는 것 같다.

우선 미안하다는 말부터 해야겠구나. 너의 작품을 받고 오래도록 편지를 못해서 미안하다. 등단 이후 서울에서의 생활은 이제사 고백하건대 한마디로 개판이었다. 무절제한 과음으로 몸은 엉망으로 망가졌고 나의 시간을 거의 갖지 못한 터라 정신은 또 그만큼 황량했었다. 돌이켜 생각해 보면 그런 것들이 바로 내면의 성숙을 위한 통과제의처럼 느껴지기도 한다. 이곳 정선에서의 생활은 우선 단순해서 내 맘에 꼭 든다. 종일 방 안을 뒹굴며 책을 보거나 눈이 내리는 창밖을 하염없이 바라보기도 한다. 그동안 정선에는 참으로 많은 눈이 내렸다. 서울에서의 한 달 분량의 적설량이 여기에서는 하루 만에 쌓인다. 눈이 내려 쌓이는 만큼 그리움도 나날이 깊어간다. 가끔 자전거를 타고 읍내에 있는 도서관에 가기도 한다. 약 백 석에서 백오십 석의 자리를 갖춘 도서관에서 글을 쓰기도 하고 책을 읽기도 한다. 변변치 못한 잡지란에서 《창작과비평》 겨울호를 보고 얼마나 반가웠는지 모른다. 그래도 열람실은 한쪽이 유리창으로 되어 있어 전망이 무척이나 좋다.

자전거를 타고 읍내에 다니면서, 레닌도 그의 프랑스 망명 시절 자전거를 타고 시내의 도서관을 다녔다는 생각을 하면 마치 내가 서울에서 탈출하여 이곳에서 망명하고 있다는 착각마저 들곤 한다.

문학이 우리의 자유를 확장한다든가, 우리들 삶의 새로운 지평을 열어준다든가 하는 거창한 생각들은 잠시 접어두기로 하자. 글이란 밤을 새워 걸어가는 낙타들의 외로운 보행, 그 쓸쓸한 발자국일지도 모르니까, 그 희미한 기억의 그림자일지도 모르니까, 우선은 밤을 새워 걸어가는 낙타들의 고단한 어깨를 쓰다듬어주는 일이 가장 중요한 일일지도 모르니까!(여기에서 낙타는 떨어질 낙 자에 타자기 타 자를 써서, 즉 '밤새도록 타자기에서 떨어진 글자들'을 말한다.)

밤새도록 너의 작품에 대한 평을 쓰고 이제 다시 편지로 돌아온다. 창밖에는 여전히 눈이 내린다. 나는 창문을 열고 앞산

골짜기마다 쌓인 눈을 바라본다. 폭설의 이미지는 언제나 나에게 희미한 옛사랑의 기억을 떠올리게 한다. 대학교 1학년 때 내가 좋아하던 그녀의 편지 속에는 황동규 선생의 시 〈즐거운 편지〉가 적혀 있었다. "내 사랑도 어디쯤에선 반드시 그칠 것을 믿는다"라는 부분에 아마 그녀는 밑줄을 긋고 '마음에 안듦'이라고 썼었다. 사랑이 영원하리라고 믿었던 우리들의 순수가 오늘따라 새롭기만 하다.

방금 창문을 열어놓고 담배 한 대를 피우고 다시 타자기를 두드린다. 담배는 내리는 눈발을 뚫고 막내 여동생이 슈퍼마켓에서 사온 것이다. 어머니는 제발 아들이 담배를 끊게 해달라고 벌써 한 달째 새벽마다 교회당에 나가서서 기도를 드리고 계신다. 세 살 난 조카 혁이는 내가 담배만 입에 물면 성냥이나 라이터를 찾느라고 귀엽게 뛰어다닌다. 누님은 돌아오는 주말에는 꼭 병원에 가서 종합진단을 받아보자고 하신다. 춘천에서 대학에 다니는 남동생은 시골에 내려오면 작은형이 가장 편하다고 하면서 나와 맞담배를 피운다. 나는 이런 모든 게 흐뭇하다. 담배는 의미심장한 것도 부조리한 것도 아니다, 담배는 다만 담배일 뿐이라고 나는 시골의 형에게 말한다. 형은 애써 그 말을 이해하지 않으려고 한다.

지금 이 글을 쓰고 있는 책상 앞에는 서울에서 쓰다가 가지고 내려온 원고 뭉치들, 《김수영 산문집》, 니체의 《인간적인 너무나 인간적인》, 김화영 교수가 번역한 《프랑스 문학 산책》, 지난해 《문학사상》 12월호, 올해 《문학사상》 1월호, 소련의 현대 시선인 《사랑과 자유와 혁명의 시》 같은 책들이 놓여져 있다. 시골에 타자기를 갖고 내려왔기 때문에 서울의 자취방에 있는 잉크들은 지금쯤 아마 캄캄한 동면에 들어갔을 것이다.

삶이 마음에 들지 않아 시를 꿈꾸고 음악과 연애와 도피를 꿈꾸고 여기가 아닌 다른 곳을 꿈꾼다

어린 시절 나는 유난히 겨울을 좋아했었다. 얇은 문풍지 한 장이 그 차가운 겨울바람을 다 막아낸다는 것이 신기했고, 긴 긴 겨울밤을 든든하게 지켜주던 톱밥 난로가 있어서 나는 좋았다. 겨울밤 함박눈이라도 펑펑 내릴 때에는 나는 나의 다락방에서 내려와 어머니의 손을 잡고 마실을 가기도 했다. 먼 곳의 불빛을 향해 걸어가는 발자국 소리는 참 아득한 음악이었다. 그때 어머니와 나는 그렇게 이 지상의 음악을 작곡하며 고요하고도 거룩한 밤을 통과하고 있었는지도 모른다. 불행했던 어린 시절을 미화하는 것은, '원한의 회고적 역류'라고 어떤 보들레르 평자는 이야기하기도 하지만, 어린 시절을 뒤돌아보면 그래도 어린 시절의 여러 풍경들은 나에게 아직도 행복의 한 전형을 보여준다.

어린 시절에 대한 행복한 기억 때문인지 나는 아직도 여전히 아들과 노는 것이 가장 즐겁고 행복하다. 아들과 함께 화원에 들러 화초를 몇 개 사와 분갈이를 할 때가 나는 이 세상에서 가장 행복하다. 나무와 꽃을 심는 삶을 살았더라면 더 행복했겠지만, 이 도시에서의 삶은 나에게 그것을 허락하지 않는다. 어느덧 도시에서의 삶이 내 지나온 인생의 절반을 차지하는 나이가 되었다. 그러나 나는 아직도 기회만 나면 귀향에 대하여 생각한다. 노자老子의 말처럼, 이 세상에서 가장 멀고도 힘든 여행은 귀향하는 것일지도 모른다.

그러나 과연 나는 어디로 귀향할 것인가, 내가 과연 돌아갈 곳이 있는가, 그런 생각들을 하다 보면 나는 결국 인생에 있어서 고향을 잃어버린 실향민이 아니던가, 하는 생각들이 요즘은 시도 때도 없이 나를 찾아오곤 한다. 하긴 현대인들은 어떤 의미에서는 모두 마음의 고향을 잃어버린 실향민들이 아니던가. 그래서 그 허한 마음을 달래기 위해 나는 아들과 함께 화분에 고향을 퍼 담고 있었던 것인가. 화분에 고향을 담고 있을 때, 나는 잠시 내가 꿈꾸던 그 고향으로 돌아가기도 하는 것일까. 매순간이 행복의 연속인 그런 삶을 꿈꾸었건만, 지금의 내 삶은 왜 이렇게 먼지만 풀풀 날리는 건조한 삶이 되어버렸는가. 요즘은 나날의 삶이 마음에 들지 않아 시를 꿈꾸고 음악을 꿈꾸고 연애를 꿈꾸고 도피를 꿈꾸고 여기가 아닌 다른 곳을 꿈꾼다.

고향 다락방에서 습작을 했고 옥탑방에서 습작 시를 연애편지로 바꾸며 청춘을 보냈고, 서울 셋방에서 낡은 타자기를 두드리다가 시인이 됐다

사실 나는 앞에서도 밝혔거니와 자서전적인 이야기는 도무지 쓸 만한 것이 없다. 세계를 떠도는 그림자로서 유령과도 같은 삶을 살아왔기 때문이다. 고향을 떠나온 후, 현실이라는 것에, 삶이라는 것에 속해 있을 때 내가 단 한 번이라도 진정한 행복을 맛본 적이 있던가. 그래서인지 나는 고향을 떠난 후 항상 이 지상으로부터 몇 치쯤 떨어져 허공을 떠다니고 있었는지도 모른다. 그 허공 속에 집을 짓고, 그 허공 속에서 술을 마시고, 그 허공 속에서 담배를 피우고, 그 허공 속에서 사람들과 담소를 나누었는지 모른다. 내가 거처했던 허공은 이 지상의 마음의 실향민들을 참으로 가뿐하게 받아주는 그런 곳이었다. 그곳에 있으면 언제나 나는 마음이 편안했다.

그리고 그 허공에 한 치쯤 떠 있을 때면 나는, 어쩌면 내가 천사였을지도 모른다는 생각을 하곤 했다. 천사였던 내가 왜 이 구질구질한 지상에서 이런 고생을 하고 있는 거지, 하는 생각을 할 때마다 나는 어쩌면 내 눈앞에 펼쳐져 있는 현실로부터 한순간이라도 빨리 사라지고 싶었는지도 모른다. 어디에서나 없는 듯 존재하기. 아니 어디에 가든 가능하면 존재하지 말기. 꿈만 꾸기. 꿈조차도 사라지게 하기. 사람들이 나를 인식하지 못하는, 딱 그 정도의 허공에서 유령처럼 날아다니며 존재하기. 뭐 이런 것이 어느덧 나의 생존 방식이 되어 있었다. 그 어떠한 일도 구체적으로 하지 말기. 떠도는 그림자로 존재하기. 누군가의 꿈속의 꿈에서나 겨우 존재하기, 이런 것들 말이다. 그러나 이 세상은 나에게 내가 꿈꾸던 그 작은 '은둔사' 하나 쉽사리 허락하질 않았다. 나는 끊임없이 어머니의 자궁 같은 어둠 속에 고요히 혼자 있고 싶은데, 세상은 어떠한 이유로든 나에게 밝은 곳에, 누군가와 함께 있기를 요구했다. 그래서 나는 세상에 분통이 터졌고 그래서 나는 대체로 세상이 싫었다. 세상의 그 잘난 사람들이 싫었고 그 사람들이 만들어내는 모든 제도와 구속이 싫었다. 사람들은 그런 나를 사회성이 부족하다느니, 철이 없다느니 하며 수군거렸다. 그러나 그 수군거림조차도 나는 듣기 싫었다. 왜냐하면 나에게는, 나 홀로 은둔하며 나무를 심든 화분의 분갈이를 하든 그럴 자유가 있는 것이니까 말이다.

평생 직장을 갖지 않고 결혼하지 않고 글 쓰는 일 하나로 생계를 유지하는 것이 한때는 내 인생의 유일한 목표였던 적이 있다. 그러나 내가 겪어본 인생을 통해, 나는 인생에서의 목표란 것이 얼마나 부질없는 것인지 일찌감치 깨달았다. 사실, 의미심장하지도 부조리하지도 않은, 다만 존재할 뿐인 이 세상에서 고요한 하나의 사물로 존재할 수 있기를, 모든 사물과의 인연을 가능한 한 맺지 않고 하나의 고요한 단자單子로서 존재할 수 있기를 나는 바랐다. 그러나 그 역시 내가 살아본 인생에 의하면 불가능했다.

그렇다면 과연 무엇을 하며 어떻게 살 것인가, 무엇을 쓰며 어떻게 쓸 것인가, 하는 것들이 어느 순간 나의 화두가 되었다. 그러나 나는 아직도 나의 화두를 해결하지 못해 밥을 먹고 글을 쓰며 살고 있다. 대체로 내가 속해 있는 대낮의 시간은 내가 속해 있는 한밤의 시간보다 훨씬 더 어둡다. 나는 대낮에도 눈을 감고 하루를 보낸다. 눈을 감고 출근하며 눈을 감고 인사를 하고 눈을 감고 수업을 한다. 눈을 감고 퇴근하고 눈을 감고 술을 마시고 눈을 감고 티브이를 본다. 자정 이후 내가 속해 있는 밤의 시간이 되면 나는 다시 살포시 눈을 뜬다. 어두워서 오히려 사물들이 명확히 보이는 시간, 그때서야 비로소 내가 눈을 뜨는 의미가 있는 것이다. 돌이켜보면 내가 지나온 시간들은 얼마나 뒤엉켜 있는가. 거기에는 어떠한 순서도 단선적인 흐름도 없었다. 시간이란 다만 서로 뒤엉켜 있다가 내 심장의 불꽃이 닿을 때만 폭발하고 확장되는 것이었다. 나는 아직도 여전히 내가 기억하는 시간만을 살아온 셈이다. 그러니 나에게 지나온 시간의 기억 따위를 묻지 말라. 나는 시간의 질서 따위에 속해 있지 않다. 나는 시시로 편재해 있고 때때로 부재해 있기 때문이다. 나는 수시로 당신의 영혼의 틈새를 비집고 들어가기도 하고 그대 몰래 빠져나오기도 하며 그대의 음악을 훔쳐와 내 귀에 꽂기도 하기 때문이다.

어린 시절 다락방에서 몽당연필을 볼펜자루에 끼워 습작을 했고, 옥탑방에서 어느 정도 습작이 된 시들을 연애편지로 바꾸며 청춘을 보냈고, 서울의 어느 사글셋방에서 낡은 타자기를 두드리다가 나는 어느새 시인이 되었던 것이다.

시인이 되기 전, 그리고 시인이 된 후, 내가 써낸 대부분의
글들은 내 안의 '은밀한 사랑'에 바치는 일종의 송가였다

이 글을 쓰고 있는 지금 창밖에는 오래간만에 자욱이 봄비가 내리고 있다. 열정은 공개될 수 없다. 그것은 공개될 수 없는 것이다. 그러나 지금 창밖에는 누군가의 열정을 다소 식히기라도 할 양으로 시원스럽게 봄비가 내리고 있다. 너희들은 나의 눈물이다. 비의 시간들, 빗살무늬토기 같은 시간들, 근초고왕 이전과 이후의 시간들, 야마모토 쓰네토모(山本常朝, 1659~1719)가 구술한 11권의 하가쿠레에는 이런 말이 나온다. "사랑의 궁극적인 형태는 비밀의 사랑이다. 살아가는 동안 줄곧 사랑으로 자신을 태우고, 사랑하는 자의 이름을 입 밖에 내지 않은 채 사랑으로 인해 죽는 것, 그러한 것이 진정한 사랑이다." 그렇다, 진정한 모든 사랑에는 사랑이 싹튼 무렵보다 더 오래된 무엇이 자리 잡고 있는 것이다.

시인이 되기 전, 그리고 시인이 된 후, 내가 써낸 대부분의 글들은 내 안의 '은밀한 사랑'에 바치는 일종의 송가였다. 그러나 이제 나는 이 세상에 사랑은 애초부터 존재하지 않았다는 걸 아는 나이에 당도해 있다. 두 눈 시퍼렇게 뜨고 골똘히 쳐다보아도 세상은 아직 나에게 사랑의 한 단면조차 보여주지 않는다. 그리고 요즘 내 유일한 화두는 르 클레지오의 〈雲住斗, 가을비〉이다. 그의 시를 읽으면서, 이 땅의 시인으로서 나는 참 많이도 부끄러웠다. "산골로 가는 것은 세상한테 지는 것이 아니다. 세상 같은 건 더러워 버리는 것이다"라는, 내가 늘상 중얼거리며 다니던 백석의 시구조차 사실은 얼마나 나를 위한 변명이며 엄살이었는지를 깨닫는 지금은 2004년 4월 18일, 비 내리는 밤 11시 53분이다.

지금 내 눈앞에 내리고 있는 저 빗줄기만이 이 땅의 진실이다. 온몸으로 내리는 저 음악만이 이 땅의 시다. 세상 끝의, 바다 끝의 분단국 위로 쏟아지는 저 눈물만이 이곳에서 저곳을 향하여 편견 없이 흐를 수 있는 사랑의 물결이다.

그러나 아직도 나는, 내가 읽으면서 몽상할 수 있는 그런 시를 쓰고 싶다. 고구려보다 몽골보다 더 넓게 울려 퍼지는 시, 몽골의 장가長歌인 오르틴도 같은 장엄한 시, 내 영혼이 지치지 않고 말 달릴 수 있는 광활하고 거대한 고독의 벌판 같은 시 말이다.

비 내리는 11시 53분을 지나, 지금은 4월 19일, 새로운 시작의 시간이다. 나는 한 편의 시로써, 내 낡은 청바지가 지나온 시퍼런 연민의 세월과 청춘의 사막에 대한 짧은 조서를 이제 그만 줄이고자 한다. 지금 이 글을 읽는 그대들에게도, 어느 소설가의 한 편의 시가 그대들의 가슴과 인식의 창문을 두드리며 고요하게 다가갈 수 있기를 바란다.

雲住寺, 가을비*
UNJUSA, PLUIE D' AUTOMNE

장 마리 귀스타브 르 클레지오

흩날리는 부드러운 가을비 속에
꿈꾸는 눈 하늘을 관조하는
와불
구전에 따르면, 애초에 세 분이었으나 한 분 시위불이
홀연 절벽 쪽으로 일어나 가셨다
아직도 등을 땅에 대고 누운 두 분 돌부처는
일어날 날을 기다리신다
그날 새로운 세상이 도래할 거란다

서울 거리에
젊은이들, 아가씨들
시간을 다투고 초를 다툰다
무언가를 사고, 팔고
만들고, 창조하고, 찾는다
운주사의
가을 단풍 속에
구름도량을 받치고 계시는
두 분 부처님을
아뜩 잊은 채

찾아달라고
붙잡고 쓸어간다
로아(Loas)의 형상을 한 돌부처님
당신堂神을 닮은 부처님
뜬눈으로 새우는 밤
동대문의 네온불이
숲의 잔가지들만큼이나
휘황한 상점의 꿈을 꾸실까?

세상 끝의
바다 끝의
분단국
겁에 질려
분별을 잃은 듯한 나라

무엇인가를 사고 팔고
점을 치고
밤거리를 쏘다닌다
서울이 불 밝힌 편주片舟처럼 떠다닐 때
고요하고 정겨운
인사동의 아침
광주 예술인의 거리
청소부들은 거리의 널린 판지들을 거두고
아직도 문이 열린 카페에는 두 연인들이 손을 놓지 못한다

살며, 행동하며
맛보고 방관하고 오감을 빠져들게 한다
번데기 익는 냄새
김치
우동 미역국
고사리나물
얼얼한 해파리냉채
심연에서 솟아난 이 땅엔
에테르 맛이 난다

바라고 꿈을 꾸고 살며
글을 쓴다

세상의 한끝에서
사막의 한끝에서
조명탄이 작렬하며 갓 시작한 밤을 사른다

갈망하고 표류하고
앞지른다
간판에 불이 들어온다
숲의 부러진 나뭇가지들처럼
나는 여기서 휘도는 바람에 대해 생각한다
죽음 속으로 회색의 아이들을 눕히는 바람에 대해
매운 사막의 관 위로
기다리고 웃고 희망을 가지고

사랑하고 사랑하다
서울의 고궁에
신들처럼 포동포동한
아이들의 눈매는 붓끝으로 찍은 듯하다

기다리고 나이를 먹고 비가 온다
운주사에 내리는 가랑비는
가을의 단풍잎으로 구르고
길게 바다로 흘러
시원의 원천으로 돌아간다
두 와불의 얼굴은 이 비로 씻겨
눈은 하늘을 응시한다
한 세기가 지나가는 것은 구름 하나가 지나가는 것
부처님들은 또 다른 시간과 공간을 꿈꾼다
눈을 뜨고 잠을 청한다
세상이 벌써 전율한다

서울—파리 2001년 10월 22일

서울—사당동 2004년 4월 19일

---

* 프랑스의 소설가 르 클레지오는 2001년 한국의 운주사를 방문한 후 받은 감
동을 잊지 못해 이 시를 써서 보내주었다. 여기 실린 시는 최미경(한국외대 통
번역대학원) 교수의 번역본이다.

| 작품론 |

사랑, 그 영혼의 깃발을 향한 노스텔지어
진순애(문학평론가 · 성균관대 교수)

유장한 박정대의 노스텔지어의 노래는 영원을 향한 손짓이어서, 가볍거나 단순한 울림이 아니다. 비록 서러운 깃발 뒤에 감춰진 채 역사의 세월만큼 오래된 사랑 주제일지라도, 박정대의 사랑 노래는 '생의 우울'을 치유하는 울림의 진폭 안에 있다.

| 작가론 |

상상의 편력과 서정의 근거
이희중(문학평론가 · 전주대 교수)

박정대의 여행 또는 순례는 발랄하고 자유로운 상상의 권능을 빌려 광대한 지형을 아우른다. 박정대 시 속의 지형은 실재하는 곳이면서 동시에 상상 속에 존재하는 것이다. 이들 시간과 공간은 시인 박정대가 스무 해 가까이 개간한 논밭이다. 종횡하는 상상이 넓힌 스케일과 이를 다스리는 지성과 서정의 규모는 상찬받기에 부족함이 없다.

사랑, 그 영혼의 깃발을 향한 노스탤지어
─영원을 향한 손짓이며 '생의 우울'을 치유하는 사랑 노래

유장한 박정대의 노스탤지어의 노래는 영원을 향한 손짓이어서, 가볍거나 단순한 울림이 아니다. 비록 서러운 깃발 뒤에 감춰진 채 역사의 세월만큼 오래된 사랑 주제일지라도, 박정대의 사랑 노래는 '생의 우울'을 치유하는 울림의 진폭 안에 있다.

진순애(문학평론가 · 성균관대 교수)

사랑 부재 시대에 영원을 향해 홀로 부르는 노래

'생의 우울'을 치유하기 위한 박정대의 시적 행보는 사랑의 근원을 찾아 방황하듯 가고 있다. 사랑의 근원 찾는, 혹은 지금 · 여기 부재중인 사랑을 향한 목마른 그의 상상력의 행보는 '아무르 강가, 옥탑방 위, 사곶 해안, 오래된 초원 위, 가을 저녁街, 근초고왕 때, 광개토대왕 때, 워터멜론슈街, 밀롱가' 등으로 종횡무진하고 있어서, 그의 사랑의 깊이와 우울의 깊이를 가늠하게 한다. 비록 우울한 사랑 기표로 치장했을지라도, 사랑을 향한 그의 노스탤지어의 노래는 '보도블록 밑의 영혼'을 일깨우는 울림이며, 영원으로의 메아리다. 물론 맨 처음 사랑의 깃발을 푯대에 매단 시인이 박정대일 리 없다. 더욱이 사랑, 그 영혼의 노래는 역사의 세월만큼 오래되어, 이제 보도블록 밑에 잠들어버렸다.

　사랑은 있기도 하고 없기도 해서 잡을 수 없으므로 그러하다. 시인의 말에 의하면, "어디에도 없는 사랑 때문에 달이 뜨는 밤이다. 그러나 지구의 유일한 전등이었던 달의 시대는 갔다. 근초고왕 때이다"(《白夜》)라고, 사랑은 근초고왕 때에 있었고 지금은 없다 한다. 한때는 "나 보기가 역겨워/가실 때에는/죽어도 아니 눈물 흘리는" 은폐된 사랑 노래였을지라도, 그리고 이제 보도블록 밑의 영혼을 일깨우는 사랑 노래일지라도, 사랑은 여전히 노스텔지어의 노래로 서러운 깃발 뒤에 감춰져 있을 뿐임을 박정대의 시는 유장하게 말한다.

　그럼에도 유장한 박정대의 노스텔지어의 노래는 영원을 향한 손짓이어서, 가볍거나 단순한 울림이 아니다. 비록 서러운 깃발 뒤에 감춰진 채 역사의 세월만큼 오래된 사랑 주제일지라도, 박정대의 사랑 노래는 '생의 우울'을 치유하는 울림의 진폭 안에 있다. 사랑 상실 혹은 사랑 부재의 시대에 영원을 향해 홀로 부르는 그의 사랑 노래는 부드럽고 견고한 삶의 지평 안에 있다. 그것은 "나는 나의 고독과 함께 오래도록 걸었네"(《워터멜론슈街에서》)의 지평이 생산한 견고함이다. 고독은 생의 우울 안에 있으면서 생의 우울 밖으로 '나'를 걸어 나오게도 하는 이중성의 지평이다.

　그래서 부재중인 사랑이 생산한 고독, 그리고 '그녀' 기호로 표상된 부재중인 혹은 상실한 것은 원래는 있었고 지금은 없는 그 모든 것을 기의로 함유하고 있다. 잃었으므로 찾아야 하는 책무의 당위가 시 혹은 시쓰기에 있음을 박정대는 사랑 기표의 은폐 속에서 외롭게 그리고 견고하게 노래하고 있다.

그대 떠난 강가에서
　　나 노을처럼 한참을 저물었습니다
　　초저녁별들이 뜨기엔 아직 이른 시간이어서, 낮이
　　밤으로 몸 바꾸는 그 아득한 시간의 경계를
　　유목민처럼 오래 서성거렸습니다

　　(중략)

　　그러나 초저녁별들이 뜨기엔 아직 이른 시간이어서
　　야광나무 꽃잎들만 하얗게 돋아나던 이 지상의 저녁
　　정암사 적멸보궁 같은 한 채의 추억을 간직한 채
　　나 오래도록 아무르 강변을 서성거렸습니다
　　별빛을 향해 걷다가 어느덧 한 떨기 초저녁별로 피어나고 있
　었습니다

　　　　　　　　　　　　　　　　　　　　　—〈아무르 강가에서〉 일부

　　"그대 떠난 강가에서/나 노을처럼 한참을 저물었던", 혹은
"유목민처럼 오래 서성거렸던", 그리고 "나 오래도록 아무르
강변을 서성거렸던" 이유는 "별빛을 향해 걷다가 어느덧 한
떨기 초저녁별로 피어나고 있었습니다"에 이르기 위한 까닭이
다. 아무르 강변을 서성거린 시간은 '한 떨기 초저녁별'로 피
어나게 한 시간의 경과였다.
　　그것은 "내 몸에 불을 밝혀 스스로 한 그루 촛불나무로 타오
르고 싶었던", 혹은 "한 떨기 초저녁별로 피어날 것도 같았던"
염원과 신뢰가 있었던 시간의 세계이다. 잃어버린 신뢰의 시

간을 '잊었다' 혹은 '잃어버렸다'고 말하지 않고, 서성거렸다고 말하며, 타오르고 싶었다고, 피어날 것도 같았다고 말하는 언어는 아무르 강가에 동일화된 언어이다.

아무르 강가를 걷는 일도 잃어버린 시간을 향한 방황이고, "낮이 밤으로 몸 바꾸는 그 아득한 시간의 경계를" 서성거리는 일도 잃어버린 시간을 향한 방황이다. "적멸보궁 같은 한 채의 추억을 간직한 채" 서성거리는 일 또한 잃어버린 시간을 향한 추억의 방황이다. 더욱이 "보도블록을 들어보라, 그곳에 아주 오래된 본질적인 草原이 있다"(〈아주 오래된 草原〉)는 잃어버린 시간의 얼굴에서 비롯된 복원으로의 징후이다. 그것은 아주 오래된 본질적인 것들도 부재중인 사랑도 잃어버린 것이 아니라, 보도블록 밑에 잠들어 있음을 신뢰하는 동일화의 언어이다.

보도블록 밑에 잠들어 있는 영혼을 일깨우는 박정대의 서성거리는 울림은 아무르 강가의 울림에서, 혹은 아주 오래된 초원의 울림에서 길어 올린 부드러운 견고함이다. 그것은 신뢰의 세계로 뒷받침된, 그리고 치유의 날까지 계속될 노스탤지어의 깃발이므로 불변의 울림일 것이다. 또 "견고한 고독의 해안이 펼쳐져 있는"(〈사곶 해안〉) 보도블록 밑에 대한 신뢰의 시선이므로 그러해 보인다. "이곳에서 그대는 그대 마음의 문지방을 넘어서는/또 다른 生의 긴 활주로 하나 갖게 되리라"는 염원과 신뢰의 지평이 생산한 울림인 것이다. 그러므로 영혼의 깃발을 향한 노스탤지어가 치유된 날은 박정대의 사랑 노래가 끝나는 날일 것이다.

'내 청춘의 사막과 시퍼런 연민'을 넘어 찾아가는 사랑의 행보

그러나 '그녀'는 지금 없다. 그러므로 박정대의 사랑 노래는 계속될 수밖에 없다. "날씨 속에 그녀가 있고"(〈망기타〉), 그녀는 날씨와 함께 오고, 생활과 함께 간다. 그래서 "고독은 나의 힘이고 빗방울들은 고독보다 힘이 세다"를 '나의 힘인 고독보다 그녀는 힘이 세다'로 읽게 한다. 실존적 고독의 힘은 이제 빗방울 앞에서, 그리고 그녀를 향한 노래 속에서 작고 힘없다. '그녀'를 그리워하며 방황하는 이성주의理性主義가 스스로 쇠잔했음을 확인시키고 있다.

그러므로 쇠잔한 이성주의는 "나의 기원을 찾아가는 밤"(〈삶의 기원〉)에 스스로 처할 수밖에 없다. "내 청춘의 사막과 시퍼런 연민을 넘어가면 그곳에 네가 있을"(〈망기타〉) 것이라는 신념으로 '나의 기원' 혹은 '너'를 찾아가야 한다. 이는 이성주의의 행보일 뿐만 아니라, '찾아 방황하는 일이 나의 일'이라는 노스탤지어, 실은 지금·여기 박정대의 계속되는 사랑의 행보이기도 하다.

"가난한 내가/아름다운 나타샤를 사랑해서/오늘밤은 푹푹 눈이 나린다"(백석, 〈나와 나타샤와 흰 당나귀〉)라는 백석의 사랑 노래는, "말이 없어야 처녀다웠던 한 시절은 이미 다 지나갔는데 그녀는 왜 종내 아무 말도 하지 않았던 걸까"(박정대, 〈그녀가 걸어가 당도할 집〉)로 전이됐다. "나는 그녀를 보내지도 않았는데 그녀는 어둠 속으로 떠나갔고", "한밤중에 그녀가 걸어가 당도할 집이 나는 그리워졌다"는 박정대의 사랑 노래도 백석의 사랑을 향한 동경과 다르지 않다. "눈은 푹푹 나리고/나는 나타샤를 생각하고/나타샤가 아니 올 리 없고"(백석), "막무가내로 함박눈 쏟아져 그토록 마음 하얗게 밝아오던 무산의 백야'(박정대)로 그녀를 찾아 떠나는 두 시인의 동경의 세계는 다르지 않다. 그러나 이제 '푹푹 나린 눈' 따라서 '나타샤' 그리는 낭만적 동경은 '무산역 근처 제재소에서 백두산 자작나무 톱밥 타는 냄새'로 전이되는 낭만적 응시에 맞춰진다.

이성주의가 이성주의의 불편부당성을 '그녀가 걸어가 당도할 집'을 향한 그리움의 시선으로 스스로 말한다. 스스로 터져 나오는 '그녀'를 향한 그리움의 노래는 그녀의 '집'으로 시선을 옮기게 한다. 이제, '죽어도 아니 눈물 흘리는 은폐된 사랑'이나, '가난한 내가 아름다운 나타샤를 사랑해서 산골에 가서 살자' 하는 '그녀' 향한 동경의 노래에서 머물 수 없다. 비록 "내가 나귀를 타고 다니던 시절, 저녁은 내 심장의 촛불 곁으로 아주 천천히, 조심스럽게 다가오곤 했다, 소수림왕 때이다"(《白夜》)라고 과거형으로 말할지라도, 그것은 역설의식의 반영이다.

그것은 부드럽고 견고한 그녀의 '집'을 지켜서 '그녀'가 돌아올 수 있게 해야 하는, 혹은 '그 집'을 복원시켜야 한다는 응시의 깃발이다. 사랑의 깃발로 부르는 복원으로의 노래는 시가 불러야 할 궁극의 노래이며, 예술의 궁극적 자화상이기도 하다. "돌궐족처럼 사랑이 창궐하던 시절, 나는 내 사랑을 잃었다"(《白夜》)는 아이러니가 빛나는 이 시대에, "달빛 아래서 누군가 저 자신을 악기처럼 연주할 때 활처럼 휘어지는 고독"이 예술의 자화상이다. 그러므로 "나는 시간의 질서 따위에 속해 있지 않다. 나는 시시로 편재해 있고 때때로 부재해 있다"는 정언으로 읽히는 역설의 언술처럼 시는, 예술은 영혼의 깃발 향한 노스탤지어를 낭만적 지평 위에 세울 것이다.

유장한 사랑의 언어는 고독한 시간을 울리는 감동의 리라 소리

그래서 박정대의 낭만적 응시의 노래는 '영혼의 그 깃발, 서럽게 펄럭이는' 외로운 몸짓으로 계속된다. 사랑을 향한 그의 방황의 응시는 '오래된 초원 위'에서 이제 '폐허의 침대'가 있는 '옥탑방'으로 돌아온다.

> 기억의 동편 기슭에서
> 그녀가 빨래를 널고 있네, 하얀 빤스 한 장
> 기억의 빨랫줄에 걸려 함께 허공에서 펄럭이는 낡은 집 한 채
> 조심성 없는 바람은 창문을 마구 흔들고 가네, 그 옥탑방
>
> 사랑을 하기엔 다소 좁았어도 그 위로 펼쳐진 여름이
> 외상장부처럼 펄럭이던 눈부신 하늘이, 외려 맑아서
> 우리는 삶에,
> 아름다운 그녀에게 즐겁게 외상지며 살았었는데
> ─〈그 깃발, 서럽게 펄럭이는〉 일부

사랑은 기억의 동편 기슭에 자리 잡고 있고, 아름다운 그녀에게 즐겁게 외상지며 살았던 "그 세월은 어느 시간의 뒷골목에/그녀를 한 잎의 여자로 감춰두고 있는지" 이제 그녀는 '내' 앞에 없다. 그러므로 "옥탑 위의 빤스, 서럽게 펄럭이는/우리들 청춘의 아득한 깃발"은 이제 '떠도는 빛으로만 남아 있다'는 박정대의 서러운 옥탑방으로의 응시다.

그것은 '가난한 나와 나타샤'가 산골에서 살지 못한, 그리고 '나 보기가 역겨워 가신 님'을 향해 여전히 눈물 흘리고 있는 '떠도는 사랑, 그 빛'으로의 응시인 것이다. 박정대가, 그리고 우리가 외상진 그 세월은 이제 "이리저리 밀리는 물결 위의 희미한 빛으로만 떠돈다는 사실"에 대한 낭만적 시선이다.

"그리하여 다시 서러운" 것으로 남을지라도, 그 '희미한 빛'을 향한 박정대의 유장한 응시가 발산한 빛을 가볍게 볼 수 없다. 그 빛은 "촛불을 켤 때 비로소 나는 시인이다, 촛불의 시간 속에서만 나는 到底한 생애"(《白夜》)가 발하는 빛의 궤도와 같은 궤도에 있다. 또 "이 지상의 불빛들 아래서 한없이 꿈꾸고 사랑하라던", "그대가 떠나면서 부르던 한 소절의 노래"(《워터멜론슈街에서》)가 발하는 빛과도 같다. 그 빛은 "저물 녘이면 허공에 방목했던 한 떼의 새들이 천 개의 촛불을 물고 돌아오는 순하고 밝은 저녁의 나라"(《室內樂》)를 향해 깃발 흔드는 박정대의 영혼의 파장이다. 또 "아직은 어두운 아무르 강가의 새벽, 전등사寺 아래, 별들의 뒤척거리는 소리가 들리는" 그곳에서 타고 있는 사랑의 근원을 향한 노스탤지어의 깃발이다.

이처럼 방황하는 듯한 그의 시적 행보는 사랑, 그 영혼의 깃발을 향해 변함없이 초점 모아 타오르고 있다. 그러므로 유장하고 유연하며 견고한 그의 사랑의 언어는, 비록 서러울지라도, 지금·여기의 고독한 시간을 울리는 감동의 리라 소리임에 틀림없다.

상상의 편력과 서정의 근거

─시인 박정대는 영원한 여행자다, 라는 이유

박정대의 여행 또는 순례는 발랄하고 자유로운 상상의 권능을 빌려 광대한 지형을 아우른다. 박정대 시 속의 지형은 실재하는 곳이면서 동시에 상상 속에 존재하는 것이다. 이들 시간과 공간은 시인 박정대가 스무 해 가까이 개간한 논밭이다. 종횡하는 상상이 넓힌 스케일과 이를 다스리는 지성과 서정의 규모는 상찬받기에 부족함이 없다.

이희중(문학평론가·전주대 교수)

상상의 여행과 편력이 지닌 대담성과 모험성

박정대의 시는 여행의 기록이다. 이 말이 맞다면 여행의 기록으로 이미 시집 두 권을 펴냈고 장차 세 번째 시집을 이룰 시를 요즘 쓰고 있으므로, 그의 직업을 '여행가'라고 할 수도 있으리라. 그렇다면 그는 시인이고, 여행가이며, 국어 선생이다.

그렇다고 박정대 시인이, 요사이 흔히 목도되듯, 수시로 인도·중국·중남미·중앙아시아를 돌아다니다 와서는 대단한 것을 보았노라고 자랑하며 말끝, 글 끝마다 여행의 경험을 들먹이는 범상한 여행가 중 하나라고 말하려는 것은 아니다. 그는 범상치 않은 여행가이다.

지금까지 시에 기록된 그의 여행이 대부분 상상의 여행이기 때문이다. 상상의 여행, 상상의 편력이므로 그의 여행은 모험적이고 대담하다. 상상의 여행에서 조심스러울 필요가 있겠는가.

그의 여행은 일차적으로 책과 영화에서 촉발된다. 책을 읽거나 영화를 보는 현장에서, 또는 그 예술 체험을 기억하고 반추하는 과정에서 그는 하염없는 세상을 짓고 허물면서, 그 시간과 공간을 관통하고 또 조망한다. 그의 시 속에서, 책과 영화, 그리고 음악과 사진은 지적 가공의 손길 앞에 놓인 재료로서 텍스트가 된다. 이들 예술 텍스트들은 그 구성 요소로서 언어적 편린 곧 낱말과, 영상적 편린 곧 이미지로 해체된 후 상상 여행의 기제 속에서 변용, 재정렬된다.

박정대 시의 고유한 기법으로서 '상상 여행'은 첫 시집 이후 최근작에까지 두루 발견된다.

> 그녀의 방은 어디에도 없었네 그녀는 그녀의 방을 가지고
> 그녀의 기억 속으로 떠나가 버렸네 지난해 마리앙바드에서
> 나의 추억은 이것으로 끝이네
> 지난해 마리앙바드에서의
>
> —〈지난해 마리앙바드에서〉 일부

박정대의 첫 시집 《단편들》에 실린 이 시의 제목은 프랑스 작가가 쓴 소설의 제목이자, 이를 원작으로 하여 프랑스 영화 감독이 만든 영화의 제목이기도 하다. 이 사정을 시 끝에 따로 주석으로 달고서 시인은, "나는 이 영화를 보지 못했다. 보지 못했기 때문에 이렇게 시로 쓴다. 무지하다는 것은 때때로 무

지하게 자유로운 것이다"라고 썼다. 말하자면 시인은 제목과 소설가 알랭 로브그리예와 영화감독 알랭 레네의 이름만으로 시를 쓴 것이다. 소설은 읽었고 영화는 보지 않았다면 이렇게 쓰지 않았을 것이다. 이는 박정대 시인의 시쓰기 방식의 특징을 단적으로 보여준다. 시인은, 외국의 지명과 외국인의 이름—물론 그의 다른 작품은 감상했을 수 있다—만으로 하나의 여행을 상상하고 그 세부를 구성한다. 그리고 이 여행의 전말은 사실에 기초한 여행담에 비해 가볍고 발랄하고 재미있다. 실제 세계의 굴레를 애초 벗고 있기 때문이다.

테베에서 커피를 마시고, 우리는 발칸 반도의 서쪽 해안을 따라 아르타로 간다, 이 해안선의 어디쯤엔가, 자다르와 가에타, 툴롱과 말라가가 있을 것이다, 말라가에서 바라보면 지브롤터 해협 건너 오랑이 있을 것이다
                                          —〈나는 음악처럼 떠난다〉 일부

두 번째 시집에서 가렸다. 시인은 이 시의 앞쪽에 큼직한 지중해권의 지도를 먼저 실었다. 그러니까 위에 인용한 구절은 지도를 들여다보며 더러 손으로 짚으며 더러 눈으로 좇으며 상상한 것이다.

한밤중에 무산에 도착했다, 석탄처럼 쌓여 달빛에 반짝이는 무산의 검은 밤

백암에서 백무선 열차를 타고 무산으로 오는 동안 맞은편에

앉아 있던 함경도 처녀는 내내 말이 없었다

(중략)

　한밤중에 무산에 도착했다, 무산역 근처 제재소에서는 백두
산 자작나무 톱밥 타는 냄새가 났다
　　　　　　　　　　　　—〈그녀가 걸어가 당도할 집〉 일부

　근작에서 가렸다. 북한의 북쪽 탄광 지역을 시인은 기차로
여행하고 있다. 함경도 처녀를 만나고, 제재소에서 나무 태우
는 냄새를 맡기도 한다. 남북의 왕래가 잦아지기는 했으나, 당
대적 상식에 의존할 때 남쪽의 시인이 북쪽의 산간을 이 시의
내용처럼 평화롭게 사적으로 여행할 수 있다고 판단하기는 아
직 어렵다. 이에 또한 시인은 친절하게 주석을 달아놓았다. 그
내용은 "백무선 야간열차를 타면 함박눈 펑펑 내리는 함경북
도 무산역에 당도할 것만 같은 그런 밤이다. 그러나 나는 하얀
담배나 꼬나물고 이렇게 서울의 밤에 앉아 뜬눈으로 하얗게
밤을 지새우며 이런 글이나 쓰고 있다. 백무선 야간열차처럼
털컹거리는 연애나 꿈꾸고 있는 것이다"이다. 시인이 백암과
무산을 연결하는 백무선 철도에 대한 단순한 지식을 붙잡고
상상의 여행을 감행한 것으로 짐작된다. 그 공간은 남쪽에서
시인의 고향과 대응된다. 그는 강원도 산간의 탄광 지역을 연
결하는 철도와 그 언저리의 풍경을 함경북도의 풍경으로 변환
하였다.

상상적 편력의 출발지가 되는 고향, 정선

여행가 시인 박정대의 고향은 정선이다. 스무 해를 거슬러 올라가는 시인과 나의 개인적 인연으로 말하자면 나에게 그는 항상 고향과 함께 기억된다. 서울에서 멀고도 먼, 때로는 눈에 길이 막혀 서울로 여러 날을 돌아오지 못하던 그의 귀향을 나는 기억하고 있다. 이 땅의 가장 후미진 오지 출생인 시인이 행한 현란한 지적 편력의 기록은 더러 가까운 독자들을 혼란스럽게 하기도 한다. 그러나 산으로 둘러싸여 좁은 하늘을 인 산간 마을은 그의 시가 표면에서 보여주는 지적 지향과 그 이면에 흐르는 서정적 지향을 통합적으로 설명하는 태생적 풍경이 될 것이다.

그러므로 고향, 정선은 시인에게 상상적 편력의 출발지가 된다. 긴 여행의 종착지도 그곳일 것이다. 박정대식 패러디로 말하자면 새들의 영혼에게 어떤 곳이 그러하듯이.

> 어머니와 함께 이삭 줍던 황혼의 들녘
> 새들이 별빛을 몰고 따라오던 그 저녁의
> 등불 아래로, 젖은 신발을 끌며
> 돌아가고 싶습니다
>
> ─〈새벽편지〉 일부

박정대의 시에서 가족은 거의 등장하지 않는다. 이는 이 시인의 시쓰기 방식이 열어놓은 창의 방위와 관련이 있다. 그의 시는 그와 인연을 맺은 사람들의 면면과, 그 생애의 각별한 인연을 핍진하게 그리는 쪽과 거리가 멀다. 그의 페르소나는 여행자, 순례자가 아니던가.

그러나 이미 펴낸 두 권의 시집 앞쪽에 실은, 시 아닌 짧은 글에는 어머니와 외할머니에 대한 각별한 전언을 남겼다. 첫 시집에서는 돌아가신 외할머니를 기억하며 생전에 그분이 사주시던 해장국의 온기로 시집을 엮었다고 '자서'에 밝힌 바 있고, 따로 외할머니께 바친다는 헌사를 두기도 했다. 두 번째 시집에서는 '내 유일한 조국'인 어머니께 시집을 바친다고 헌사에 썼다.

다섯 줄에 지나지 않은 위 시 인용에는 의미 있는 영상의 편린이 여럿 있다.

차례대로 들자면, 황혼, 새, 별빛, 저녁, 등불, 젖은 신발들인데, 이들은 박정대 시의 원형을 간직하고 있다. 이들은 지적이며 상상적인 편력을 시쓰기의 전략으로 삼아온 시인의 내면 아주 깊은 곳에 가라앉아 있는 것들이다. 이들이 곧 이 시인의, 시쓰기의 기원일 것이다.

　　한때 나의 꿈은 저 불란서의 뒷골목에나 가서 푸른 눈의 여자와 놀다가 객사하는 것

　　또 한때 나의 꿈은 아무도 모르는 고장에 가서 포플러의 그림자처럼 조용히 살아가는 것

　　또 다른 한때 나의 꿈은 야간열차처럼 덜컹거리는 바람을 타고 노래의 끝까지 가서 술을 마시다 죽는 것 술을 마시며 몽롱한 꿈속에서만 살다가 죽는 것 죽어서 하루 종일 바다의 음악

이나 듣는 것

―〈집으로 가는 길〉 일부

어머니와 외할머니가 있는 곳을 그리워하는 한편, 시인은
위의 인용에서처럼 불란서, 아무도 모르는 고장, 노래의 끝,
몽롱한 꿈속을 그리기도 한다. 그곳에서 삶을 마치기를 꿈꾼
다. 이 꿈은 여행자, 편력자, 순례자의 몫이다. 그들은 쉼 없이
고향을 떠나고자 하지만, 그들이 여행하는 곳들의 집합은 고
향을 중심으로 한 동그라미에서 벗어나지 못한다. 고향의 타
자화, 그것이 내면화된 편력자의 목적이기는 하나, 가능하지
않은 꿈이며 오히려 그 반대편을 지향하는 무의식의 소산일
수 있다.

상상의 권능으로 아우르는 광대한 지혜 속의 지성과 서정

박정대의 여행은 이제 아무르 강가에 당도했다. 이 지점에
서 스무 해 가까이 이어온 박정대의 작업은 하나의 매듭을 마
련한다. 나는 예술가—또는 그의 예술 작품—에게 주어지는
상이, 그가 지속해 온 외롭고 간절한 작업에 위로와 격려의 기
회를 마련한다는 뜻에 깊이 동의한다. 이즈음 박정대의 시에
바쳐진 독자와 평자의 주목이 바로 그러하다.

이 무렵 박정대 시인의 성취를 대표하는 시 〈아무르 강가에
서〉에서, 아무르 강은 어디인가. 아시아 대륙의 동쪽 끝을 가
르는 실재하는 강의 이름인가, 아니면 실재의 이름을 빌려 상
상한 허구에 가까운 지명인가.

두 권의 시집을 낸 후 발표한 근작에서, 상상의 여행은 〈밀

작가론 163

롱가에서〉 같은 시에서 여전하지만, 개중 일부는 이제 실제 여행에 근거하고 있음을 알 수 있다. 긴 시 〈망기타〉에 포함된 몇몇 짧은 시편들이 그 대표적인 예이다. 이러한 변화를 미루어 시인이 실재하는 아무르 강가를 여행했다고 볼 수도 있겠다. 그러나 그의 시에서 아무르는 새로운 낱말이 아니다.

이전의 시에도 '아무르'는 몇 차례 등장한 바 있다. 두 번째 시집에서 "난, 쉽게 잠들지 못하리 밤새/아무르, 아무르, 아무리 울어도/비오리, 고향에 갈 수 없으리"(《소금쟁이 검객들의 이야기》)에서, "돌을 찾아, 아득한 옛날에 나는 떠났네, 부여를 숙신을 발해를 여진을 요를 금을 흥안령을 음산을 아무우르를 숭가리를 범과 사슴과 너구리를 배반하고 송어와 메기와 개구리를 속이고 나는 떠났네"(《집으로 가는 길》)에서, "아무르, 아무르, 아무우르/이제 첫눈이 오리/덕적도에, 인천에, 은율에, 정선에, 백석에, 격렬비열도에"(《집으로 가는 길》) 등의 구절에서 보인다.

다소 난해한 문맥 위에 있기는 하나, 시인에게서 이 낱말들이 환기하는 원형적 정서를 감지하기는 어렵지 않다. 이들 예에서 '아무르'는 고향에 돌아가지 못할 새의 울음소리와 유사하거나, 고향을 떠나는 자에게 등져야 하는 무엇으로 나열되거나, 시인들의 고향을 호명하는 문맥에서 눈 내리는 소리인 듯, 고향을 부르는 주문인 듯 반복되기도 했다. 결국 '아무르'는 시인에게 고향을 환기하는 소리이자 그 이름인 것이다.

〈아무르 강가에서〉가 시인이 행한 실제 여행에 근거한 것인지 아닌지는, 시의 문면과 박정대 시의 일반적 특성을 참고할 때 명료하게 분간되지 않는데, 이 사실이 이 시를 이해하는 데

방해가 되는 것은 아니다. 실제 여행에 근거한 것이라 하더라도, 앞서 보았듯이 이미 박정대의 시에서 '아무르'가 지녔던 원형적 공간의 의미는 달라지지 않는다.

이 작품은 정통적인 서정시의 외양을 가지고 있다. 상상의 여행 또는 지적 편력이라는 박정대 시의 특징적 기제는 기술적으로 문면 뒤에 숨겨졌으며, 또 다른 갈래인 서정적 지향이 시의 흐름을 지배하고 있다.

> 그대 떠난 강가에서
> 나 노을처럼 한참을 저물었습니다
> 초저녁별들이 뜨기엔 아직 이른 시간이어서, 낮이
> 밤으로 몸 바꾸는 그 아득한 시간의 경계를
> 유목민처럼 오래 서성거렸습니다
>
> (중략)
>
> 그러나 초저녁별들이 뜨기엔 아직 이른 시간이어서
> 야광나무 꽃잎들만 하얗게 돋아나던 이 지상의 저녁
> 정암사 적멸보궁 같은 한 채의 추억을 간직한 채
> 나 오래도록 아무르 강변을 서성거렸습니다
> 별빛을 향해 걷다가 어느덧 한 떨기 초저녁별로 피어나고 있었습니다
>
> ─〈아무르 강가에서〉 일부

인용한 부분은 모두 네 개의 연으로 이루어진 원시의 처음

과 끝 연이다. 화자는 아무르 강가에 있거나 또는 그곳으로 돌아온 것일 텐데, '그대'는 떠나고 없다. 이는 오랜 여행을 마치고 지친 몸을 끌고 고향에 돌아왔더니 정작 고향은 텅 비어 있다는 깨달음의 표시로 읽힐 수 있다.

"낮이 밤으로 몸 바꾸는" 저녁 무렵, 시인은 밀려드는 어둠의 한가운데서 "내 몸의 불을 밝혀 스스로 한 그루 촛불나무로 타오르고 싶"다고 생각한다. 그러면 그리움의 매재인 "내 안의 돌멩이"는 발갛게 달아올라 "한 떨기 초저녁별"이 되지 않을까 상상한다.

그러나 마지막 연에서 보듯 시인의 감각은 그와 같은 상상이 선부른 꿈임을 희미하게 감지한다. 상상은 절제되었고, 시인에게 시간의 흐름과 순리를 크게 거스를 생각은 없는 듯이 보인다. 별이 뜨기에는 이른 시각, 시인은 "오래도록 아무르 강변을 서성거"리고 있다. 여기에 순례자가 얻은 깨달음과 성숙의 흔적이 배어 있음을 나는 본다.

이윽고 마지막 줄에서 어느덧 피어나는 "한 떨기 초저녁별"은 실재하는 별이며, 예감하는 별이다. 그것은 '달아오른 내 안의 돌멩이'이기도 하고 기다림 끝에 맞이하는 사실의 별이기도 한 것이다.

이제 박정대의 여행 또는 순례는 발랄하고 자유로운 상상의 권능을 빌려 광대한 지형을 아우른다. 박정대 시 속의 지형은 실재하는 곳이면서 동시에 상상 속에 존재하는 것이다. 이들 시간과 공간은 시인 박정대가 스무 해 가까이 개간한 논밭이다. 종횡하는 상상이 넓힌 스케일과 이를 다스리는 지성과 서정의 규모는 상찬받기에 부족함이 없다.

김춘수
쥐오줌풀 외

1922년 경남 통영 출생.
1940년대부터 작품 활동.
시집 《구름과 장미》 《비에 젖는 달》 《처용단장》
《들림, 도스토예프스키》 《의자와 계단》 《쉰한 편의 비가》 등.
한국시협상 등 수상.

쥐오줌풀

하느님,
나보다 먼저 가신 하느님,
오늘 해질 녘
다시 한 번 눈 떴다 눈 감는
하느님,
저만치 신발 두 짝 가지런히 벗어놓고
어쩌노 몍 감은 까치처럼
맨발로 울고 가신
하느님, 그
하느님,

장미, 순수한 모순

장미는 시들지 않는다. 다만
눈을 감고 있다.
바다 밑에도 하늘 위에도 있는
시간, 발에 차이는
지천으로 많은 시간,
장미는 시간을 보지 않으려고
눈을 감고 있다.
언제 뜰까
눈을,
시간이 어디론가 제가 갈 데로 다 가고 나면 그때
장미는 눈을 뜨며
시들어갈까

春日漫步

하늘 위에 하늘이 있고
바다 밑에 바다가 있고
쟁반 곁에 더 예쁜 쟁반이 있고
속곳을 들춰보니 더 하늘한 속곳이 있고
식탁보는 걷어보니 거기
천사 한 분이 납짝하게 엎드리고 있었다.
릴케가 보냈다고 한다.
어떻게 대접을 할까,
프라하에도 곶감과 계피를 꿀물로 달인 수정과가 있을까,
릴케가 있는
그가 겨우내 피운
송어가 큰 함박꽃 곁으로
나는 다가간다.
릴케에게 물어보고 싶은데
무엇을 어떻게 물어야 할까.
이러다 해가 지면 어쩌나.

그런 晩秋

개가 있고 소가 있고
말이 있다.
(몽고 조랑말)
밤나무가 있고
다람쥐가 있고, 웬일일까
떡갈나무는 보이지 않는다.
가을이 채 가기도 전에
함박꽃 같은 함박눈이 내리고
호랑이가 앞마당에 발자국을 남기고
들쥐가 눈에 불을 켠다.
햇발이 너무 짧다고,
시베리아 오지
芮芮族 족장의
처가가 있는 마을,

詩眼

시에는 눈이 있다
언제나 이쪽은 보지 않고 저쪽
보이지 않는 그쪽만 본다.
가고 있는 사람의 발자국은 보지 않고
돌에 박힌
가지 않는 사람의 발자국만 본다.
바람에 슬리며 바람을 달래며
한 송이 꽃이 피어난다.
루오할아버지가 그린 예수의 얼굴처럼
윤곽만 있고 耳目口鼻가 없다.
그걸 바라보는 조금 갈색진 눈,
슬프디슬픈 시의 눈,

an event
—조영서의 시 〈雲平線〉에 화답하여

시인 조영서는

운평선이라고 했다.

구름에도 끝이 있다는 것일까,

끝이란 그러나 말이 만든

말의 하나다.

　(왜 이리 배배 꼬일까,)

끝이 있어야 말이 된다.

말에도 눈이 있지만

말의 눈은

운평선 저쪽을 보지 못한다.

구름에도 끝이 있다고

시인 조영서는 말하고 있다.

끝이 없으면

말이 되지 않으니까,

답답하구나. 말은 제 안주머니에

무엇을 숨기려고 하기에,

통영

어물전에 잡혀 와서도 금빛 털을 세우는
짚신게, 왠지 동리 선생 혓바닥에서
심각한 맛*을 내는
볼락젓, 그리고
멸치의 고바**가 있고
고바보다 더 작은 치리멘도 있다.
해풍 잘 닿는 야트막한 비탈 거기
향기 나는 풀이 있다.
방풍, 그리고
섣달그믐날 밤에
발가벗은 멧산이***가 온다.
오똑하게 앉은 여황산****이 많이 불편한지
자정까지만 있다가 간다.
어디로?

---

* 김동리 선생께서 볼락젓 맛을 보시고 "심각하다"는 말을 하셨다.
** 소우小羽.
*** 통영 지방에서 일컫는 아기산신령.
**** 餘艎山. 통영 서북쪽에 있다.

여름밤

발가락이 가렵다.
(무좀일까? 또)
해가 지고 달이 뜨고
밤이 온다. 먼 데서
작디작은 바다가 하나 이리로 다가온다.
어딘가
소리 내지 않는 악기가 숨어 있다.
숲은 왜 서서 잠을 잘까,
새는 어디 가고
바람이 제 혼자 눈을 뜬다.
벌써 아침인가 하고,
가랑이 사이로 누가 보이지 않는
세상의 뒤쪽을 보려고 한다.

나의 生家

아침인데 어머니는
도채비꽃*을 보았다고 하셨다.
마당 한쪽에
이 작은 어린 앵두나무가 한 그루
수주운 듯 서 있었다
그날은
대낮에 내 머리 위에서
기왓장 우는 소리를 나는 들었다.
축담에다 대고 쏴 쏴
누가 모래를 퍼붓는데 모래는
보이지 않았다.
해가 지자 어머니는 또
배꽃이 하얗게 소복을 하고
뒤뜰 우물가로 사라져가는 것을
보았다고 하셨다.
아버지가 계시는 사랑채에서는
늙은 배롱나무가 하루 온종일 혼자서
히죽히죽 웃고만 있었다.

---

* 도깨비꽃.

만남을 위한 콘티

너무 멀리 가지 마
고개 하나 넘으면
별이 있고 아직도
반딧불이 있다.
아기너구리 엄마 엄마 울고 간 여름밤이 있고
마디풀이 있다.
얼굴 감춘 마디풀이 아직도 네 발등에
초가삼간 집 한 채 지으리,

(가지 말라 가지 말라고,)

이선영
유리창 외

1964년 서울 출생.
이화여대 국문과 및 동 대학원 졸업.
1990년 《현대시학》에 〈한여름 오후를 장의차가 지나간다〉
외 8편을 발표하면서 작품 활동 시작.
시집 《오, 가엾은 비눗갑들》 《글자 속에 나를 구겨넣는다》
《평범에 바치다》 등

유리창

유리창 뒤에서 바라보는 풍경은 얼마나 평화로운가
노랫소리에 맞춰 가방을 멘 아이들은 총총히 학교로 가고
자동차들은 신호에 맞춰 멈춰 섰다 움직이길 반복하며 연달
아 차도를 달린다
멀리서 보면 줄지어 제 길을 찾아가고 있는 헤드라이트마저
정겹고
위험은 먼 나라에서 들려오는 소식일 뿐이다
유리창 너머로 들여다보면
부엌의 여자들마저 얼마나 순해 보이는가
음식을 위해 태어난 자기들의 운명에 순응하듯
묵묵히 그러나 일인극 배우처럼 당차게 부엌을 지키는 여
자들
유리창 뒤에서 보는 풍경이 훨씬 아름답고 평화로운데
내가 두려워하는 것은 그럼에도 내가 질질 끌려가고 있는
저 바깥의 힘이다
그럴 때면 나는 인공호흡기를 뗀 식물인간처럼 호흡이 가빠
진다
일러두건대 나는 유리창의 詩人, 유리창의 囚人인 것이다
유리창이 부서져 내리는 날 그 잘디잔 파편들과 함께
내 영혼도 산산이 바닥에 떨어져 내릴 것이다
그러니 삶의 투박하고 거친 손들이여 제발

나를 밖으로 꺼내려 들지 말라
나는 유리창에 고요히 담긴 자이다

거북이

꼬마동물원의 거북이는 좁은 올 안에서 한 발자국도 움직이
지 않는다
　크고 둥근 갑각의 지붕 아래 생살 같은 머리만 꿈벅 내밀고
　그 연골의 떨림만으로 살아 있다

　모래 웅덩이에서 태어나 바다에 이르기까지
　숱한 모래무덤에 발이 빠지곤 했을 저 거북이는
　등에 지고 있는 그 무거운 딱지가
　그 안에 잉여와 같은 살을 가두는 것으로 목숨을 부지해 온
그 튼튼한 딱지가
　저의 걸음을 더디게 하고 더러는 한 발 내디딜 수조차 없게
만든다는 사실을 알고 있을까

　잰걸음이 아니라서 헛걸음을 걷지 못하는
　넓은 모래사장에 사념의 커다란 발자국을 무겁게 내리찍어
야 하는,

　거북이로 다시 태어나고 싶지 않다

카프카*의 도서관

도서관이 나를 불러들였다
지금 나는 이 도서관의 식객이다
내가 해야 할 일은 도서관 안에 진열된 책들을 읽는 일이다
밤에는 멀어질 듯 아스라한 사랑의 흔적을 더듬고
낮이면 블랑쇼의 딱딱한 문학 서적을 뽑아 든다
그러나 데 키리코의 붉은 탑이 있는 광장에 들어선 것처럼
적막하고 거대한 이 도서관은 내게
다음에 읽어야 할 책에 관해 이야기해 주지 않는다
입 안 가득 산해진미의 글자들을 물고서도
그는 입을 꾹 다문 채 좀처럼 열어 보이지 않는다

나는 그의 침묵에 억류된 장기 투숙객
자고 나면 나는 도서관이 숨기고 있는 비밀을 한 꺼풀 알게
해줄
나 스스로 그것을 밝혀내야 한다는 무언의 요구가 담겨 있는
다음 책이 꽂힌 서가를 찾아 이 적막한 광장을 헤매 다녀야
만 한다

내가 견딜 수 없는 것은 광장의 고독이 아니라
낮을 덮쳐오는 밤의 기억이다
왜 이 도서관엔 낮을 배반하는 밤과 밤을 배반하지 않으면

안 되는 낮, 낮과 밤이 함께 있는가
　낮의 블랑쇼와 밤의 카프카가 왜 내 안에서 늘 서로를 허물
어뜨리며 싸우고 있는가 말이다

*무라카미 하루키 소설 《해변의 카프카》에서.

화양연화

가장 불행한 얼굴로
지금이 가장 행복한 때이노라고
리첸 부인은 말한다

"정말 많이 보고 싶지만, 먼 후일을 기약하기로 해요"
편지를 써야만 했던 날

살아갈 날보다
살아온 날들이 더 많고

게임은 거의 끝나가는데
남은 판은 더욱 절박한

사십 세

행복은
불행이라는 돌 틈에 숨은 작은 샘구멍

불행은
행복의 부서지기 쉬운 살을 감싼 갑각

알겠구나,
평생이
이 뗄 수 없는 연인들과의
부질없는 삼각관계임을!

불행의 적요한 한낮을
花-아-樣-年-ㄴ-華 라디오에서 노랫소리가 흘러나올 때

불행은 자기가 빠져나갈 틈을 알고 있다

떠오른다

그냥 없어지는 것이 아니다

한 달 후
강가에 떠오른 사체로
십 년 후
전말이 드러난 유골로

불쑥 떠오른다
진실의 사체들
바람의 유골들

거대한 둥근 연못인 지구를 돌고 돌아서

오랜 세월이 흘러도

기어이

떠오른다

벌레 먹은 대추야자나무

이집트의 건조한 사막에서
달콤한 과실이 열리는 대추야자나무엔
대추야자 바구미가 산다
그들은 대추야자의 몸속에서 대추야자를 먹이 삼아
보이지 않게 알을 까고 자라나서
마침내 대추야자의 속을 텅 비워버리는 것이다
제 몸에 숨어 들어온 바구미들에 갉아 먹히는 채로
대추야자나무는 심어진 그 자리에 그대로 서 있을 뿐이다
속이 텅 비어서도
바구미들조차 다른 열매를 찾아 떠날 때까지

대추야자나무는 제 속에 바구미를 키우면서
그 생명만큼 독한 죽음을 키운 것이다

야생 오리

이윽고 겨울이 지나면 야생 오리들은 잊지 않고
날아왔던 곳을 향해 다시 날아간다

그러나 겨울이 지나도 날아가지 않고 남아 있는 오리들이
있다

때로 나는 내가 날아가지 않고 남아 있는,
손쉽게 길들여진 집오리들 가운데 하나라고 생각하곤 한다

이정록
목련나무엔 빈방이 많다 외

1964년 충남 홍성 출생.
공주사대 한문교육과 졸업.
1993년 《동아일보》 신춘문예로 등단.
시집 《벌레의 집은 아늑하다》 《풋사과의 주름살》
《버드나무 껍질에 세들고 싶다》 《제비꽃 여인숙》 등.
김수영문학상, 김달진문학상 수상.

목련나무엔 빈방이 많다

목련꽃 환한
낡은 기와집

나무 대문 앞에
弔燈이 걸려 있다

할아버지가 숨을 놓자
혼자 살던 집에 사람 북적인다

저렇게
食口가 많았던가

가까이 다가서니
언제부터 펄럭였나
빛바랜 달력 한 장

빈방잇슴
보이라 절절 끄름

목련나무의 빈방 안에서
哭소리 새나온다

건을 벗어
問喪하는 목련꽃 이파리들

지붕을 경작한다

지붕이 새는지
흰 비닐을 덮어놓았다
거품으로 쌓아 올린 지붕들
바다에 떨어진 눈송이는
바다가 먹은 게 아니었다
밀물 치며 올라오는 폭우의 밤바다
반백 년도 더 살아낸 게 한 마리
등껍질을 벗으려 안간힘을 쓴다
게도 지붕을 경작한다
지상에 올라왔다가
돌아갈 길을 잃어버린 제딱지
제 몸의 바다를 풀어내고 있다
저 아래 어둠 속에서 뻘 뻘
게걸음으로 오르는 골목길들
지붕뿐인 섬 위로
소금을 끌어 올리고 있다

뒷짐

짐 꾸리던 손이
작은 짐이 되어 등 뒤로 얹혔다
가장 소중한 것이 자신임을
이제야 알았다는 듯, 끗발 조이던
오른손을 왼손으로 감싸 안았다
세상을 거머쥐려 나돌던 손가락이
자신의 등을 넘어 스스로를 껴안았다
젊어서는 시린 게 가슴뿐인 줄 알았지
등 뒤에 양손을 얹자 기댈 곳 없던 등허리가
아기처럼 다소곳해진다, 토닥토닥
낮은 언덕의 어깨 위로 억새꽃이 흩날리고 있다
구멍 숭숭 뚫린 뼈마디로도
아기를 잘 업을 수 있는 것은
허공 한 채를 업고 다니는 저 뒷짐의
둥근 아름다움 때문이 아니겠는가
등허리의 빈 손 위에, 짐짓
우주 한 채가 가볍게 올라앉았다

웅덩이

바람이 거세어지자, 자장면
빈 그릇을 감싸고 있던 신문지 한 장이
골목 끝으로 굴러 간다, 구겨지는 대로
제 모서리를 손발로 삼고 재빠르게 기어간다
웅덩이에 빠져 몸이 다 젖어버리자
그제야 걸음을 멈추고 온몸을 바닥에 붙인다
스미는 것의 저 아름다운 안착
하지만 수도 없이 바퀴에 치일 웅덩이는
흙탕물을 끌고 자꾸만 제 안으로 들어갈 것이다
먼 반대편으로 뚫고 나가려는 웅덩이에게
흙먼지와 신문지가 달려가고
하늘이 파스처럼 달라붙는다
자신의 몸 어딘가에서 손발을 끄집어내어
허방을 짚고 나올 때까지, 삶이란 스스로
흙먼지가 되고 신문지가 되어 굴러 가야만 하는 것을,
하늘의 눈은 왜 지상에 박혀 있나
흙먼지를 밀치고, 파르르
제 몸을 들여다보고 있다

산 하나를 방석 삼아

단풍나무 아래에
돼지머리가 버려져 있다

돼지는 일생을
서 있거나 누워 지낸다
앉아 있을 경우는, 오직

새끼를 낳은 암놈이
앞발만 세우고 비척거릴 때다

돼지머리는
제대로 한번 앉아보려고
목덜미 아래를 버린 것 같다

선지피는
단풍잎이 다 들이마셨나

도끼가 지나간 자리로
산 하나를 꿰차고 있다

잘린 목으로

일찍 떨어진 낙엽을
어루만지고 있다

의자

병원에 갈 채비를 하며
어머니께서
한 소식 던지신다

허리가 아프니까
세상이 다 의자로 보여야
꽃도 열매도, 그게 다
의자에 앉아 있는 것이여

주말엔
아버지 산소 좀 다녀와라
그래도 큰애 네가
아버지한테는 좋은 의자 아녔냐

이따가 침 맞고 와서는
참외밭에 지푸라기도 깔고
호박에 따리도 받쳐야겠다
그것들도 식군데 의자를 내줘야지

싸우지 말고 살아라
결혼하고 애 낳고 사는 게 별거냐

그늘 좋고 풍경 좋은 데다가
의자 몇 개 내놓는 거여

나무도 가슴이 시리다

남쪽으로
가지를 몰아놓은 저 졸참나무
북쪽 그늘진 둥치에만
이끼가 무성하다

아가야
아가야
미끄러지지 말아라

포대기 끈을 동여매듯
댕댕이덩굴이
푸른 이끼를 휘감고 있다

저 포대기 끈을 풀어보면
안다, 나무의 남쪽이
더 깊게 패어 있다

햇살만 그득했지
이끼도 없던 허허벌판의 앞가슴
지가 더 힘들었던 것이다

덩굴이 지나간 자리가
갈비뼈를 도려낸 듯 오목하다

이재무
물꽃 외

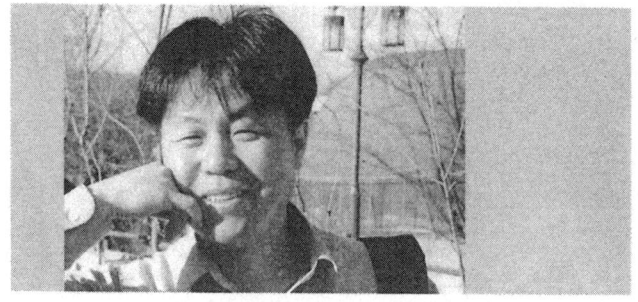

1958년 충남 부여 출생.
1983년 무크지 《삶과문학》과 계간
《문학과사회》《창작과비평》 등을 통해 작품 활동 시작.
시집 《섣달그믐》《온다던 사람 오지 않고》
《몸에 피는 꽃》《시간의 그물》《위대한 식사》 등.
난고문학상 수상.

물꽃

비 오는 날 호수에
물꽃 핀다
수직으로 빗방울은 떨어져
수면에 동심원을 그린다
수평으로 잔잔히 퍼지는 물무늬
세모시처럼 가늘고 고운
저 아름다운 적막의 동그라미 속,
누대의 시간 흐른다
소란과 수다에 지쳐
두꺼워진 몸 가두고 싶다
그리하면 한지처럼 얇아져
녹아서 형체도 없을 것이다
그러나 나는 이미 지은 죄가 많아
선한 것이 눈에 불편한 사람
물꽃은 뿌리 없으니
고통도 없을 것이다
졌다 피고 피었다 지는 경이
순간의 삼매경,
차마 어지러워서 땀에 전 작업복처럼
무거운 내 오후의 생
비틀거리며 흠뻑 젖는다

라면을 끓이다

늦은 밤 투덜대는, 집요한 허기를 달래기 위해
신경 가파른 아내의 눈치를 피해
주방에 간다 입 다문 사기그릇들
그러나 놈들의 침묵을 믿어서는 안 된다
자극보다 반응이 훨씬 더 큰 놈들이다
물을 끓인다 비정규직 노동자처럼 실업을
사는 날이 더 많은 헌 냄비는 자부가 가득한
표정이다 물 끓는 소리 요란하다
한여름밤의 개구리 소리 같다
모든 고요 속에는 저렇듯 호들갑스런 소음이
숨어 있다 어제 들른 숲 속 직립의 시간을 사는
침묵 수행의 나무들도 기실은 제 안에
저도 모르는 소리를 감추고 있을 것이다
찬장에서 라면 한 봉지를 꺼낸다
라면의 표정은 딱딱하고 각이 져 있다
그들이 짠 스크럼의 대오는 아주 견고하고
단단해 보인다 그러나 끓는 물 속에서
그들은 금세 표정을 바꿔
각자 따로 놀며 흐물흐물 녹아내릴 것이다
저 급격한 표정 변화는 우리 시대의 슬픈 기표다
얼마 후 나는 저 비굴 한 사발로 허겁지겁 배를 채울 것이다

도마 위 양파, 호박, 파 등속을 가지런히 놓아두고
칼을 집는다
그는 말보다 행동이 앞서는 자다 그의 눈빛은 매섭고
날카롭다 그는 세상을 나누기 위해 나타난 자인 것이다
놓여진 것들을 다 자르고도 성이 안 찬 노여운 그는
늦은 밤을 이기지 못한 내 불결한 식욕을, 지난한
허기의 관성을 푹 찔러올는지 모른다
냄비 속 부글부글 끓는 것은 그러므로 라면만은 아닌 것이다

인생
—애월에서

저무는 먼바다 먹빛으로 잔잔한데
방파제 둑 위, 할머니 한 분 천천히
걸어가고 있었네, 유모차 밀며.
흑백의 풍경 속 몇 겹으로 주름진 시간
고여 출렁이고 있었네
저무는 먼바다 하늘로 이어지는 수평선에서
노을은 가지를 떠나는 꽃잎같이 점으로
흩어져 선홍이 낭자한데
거북처럼 낮게 몸 웅크린, 지금은 다만
묵직한 침묵으로 밤을 기다리는,
밤이 오면 어화 피고 먹물 튀기며
비린내 땀내 진동할 오징어잡이 선박들
등 뒤에 두고
방파제 둑 위, 등이 활같이 휜 할머니 한 분
천천히 실루엣으로 걸어가고 있었네,
아주 먼 미래를 밀며.

돌

모름지기 시인이란 연민할 것을
연민할 줄 알아야 한다
과장된 엄살과 비명으로 가득 찬
페이지를 덮고
새벽 세 시 어둠이 소복이 쌓인
적막의 거리 걷는다
잠 달아난 눈 침침하다
산다는 일의 수고를 접고
살(肉) 밖으로 아우성치던 피의
욕망을 재우고 지금은 다만,
순한 짐승으로 돌아가 고른 숨소리가
평화로운 내 정다운 이웃들이여,
누구나 저마다의 간절한 사연 없이
함부로 죄를 살았겠는가
머리에 이슬 내리도록 노니다가
발부리에 걸리는
돌 하나 집어 주머니에 넣는다

테니스 치는 여자

테니스 치는 여자는 물속 유영하는 물고기 같다
그녀의 동작은 단순하지만 매우 율동적이다
물오른 그녀의 종아리는 자작나무의 허리처럼 매끄럽다
땀 밴 등허리에 낙지 발처럼 와서 안기는 햇발
통통, 바람 많이 든 공처럼 그녀의 종아리가 튀어 오르면
수음하는 소년처럼 나는 숨이 가쁘다 두 팔에 힘을 주어
그녀가 라켓을 휘두를 때 깜짝깜짝 놀라며 파랗게 몸을 뒤
집는
이파리들, 내 마음의 사기그릇들 반짝반짝 웃는다
네트를 넘어오는 발 빠른 공에 시선을 집중하는
그녀의 눈 속으로 오후의 낡고 오래된 시간들이 갑자기
생기를 띠고 소용돌이치며 빨려 들어가고 있다
날마다 오후 세 시 공원에 나와 하얀 미니스커트 차림으로
테니스를 치는 여자 그녀를 바라보는 동안
내 마음의 뜰에 그리움의 풀씨 내려와 싹을 틔운다
알맞게 달구어진 그녀의 팔뚝이 지나간 허공에
몰려드는 파란 공기 입자들 그녀가 테니스를 치는 동안
세상은 발칙한 소녀와 같이 건방지고 젊어진다 그녀가 간간이
터뜨리는 웃음으로 세상은 환하고 눈부신 꽃밭이 된다
테니스 치는 여자는 공중을 나는 새처럼 가볍다
저 가벼움이야말로 무거운 세상을 이기는 힘이 아닐까

대청댐

저 간 큰 여자 보아라
마을과 산과 들과 하늘을
다 집어삼키고서도
성이 안 차 서슬 푸른 눈빛을 하고 있구나
제 손으로 제 몸 조르고 쳐서
퍼렇게 멍든,
굽이치는 수천 수만 슬픔의 이랑을 보아라
저 깊은 수심에서 부글부글 끓는 노여움을 보아라
박차고 나가 으스러지게 끌어안고
뜨거운 입술로 적셔야 할 것들
지척에 두고도
연신 치마폭 들썩이며
둥둥둥 시간의 물가죽이나 두들겨대는
저 불우하고 또 불우한
여인의 검붉은 울음의 포말 일 때마다
진저리치듯 바르르 떠는 인근의 수목들,
풀잎들 보아라

호출

영정 앞에 엎드려 큰절을 올린다
그와 나는 한때 정자나무가 있고
큰 내가 벌판 가로지르는, 아침저녁으로
굴뚝에서 청솔 연기가 엉킨 새끼줄처럼
빠져나와 산속으로 기어드는 마을에서
함께 산 적이 있다 그는 어떠한 사소한 것도
단위로 묶어 사고하기를 즐겨하였다
나와 또래들은 그런 그 앞에서 까닭 없이
머리 조아리고 마음이 번철에 놓인
콩처럼 두근거렸다 나이가 들면서 우리는
더 이상 그의 훈시 귀담아듣지 않았다
그는 늙어 매우 외롭고 불우한 노년을 살았다
그가 호출한 사람들이 꾸역꾸역 들어와
꾸벅꾸벅 그러나 외경과는 상관없는 절을
올린다 이산의 시간을 살아온 사람들이다
그는 내일 오후에 선산에 가 묻힐 것이다
정중하고 겸손했으나 단호했던 그의 목소리를
듣지 않아도 되는 것이다

정끝별
여름 능소화 외

1964년 전남 나주 출생.
이화여대 국문과 및 동 대학원 졸업.
1988년 《문학사상》(시),
1994년 《동아일보》 신춘문예(평론)로 등단.
시집 《자작나무 내 인생》 《흰 책》 등.

여름 능소화

꽃의 눈이 감기는 것과
꽃의 손이 덩굴지는 것과
꽃의 입이 다급히 열리는 것과
꽃의 허리가 한껏 휘어지는 것이

벼랑이 벼랑 끝에 발을 묻듯
허공이 허공의 가슴에 달라붙듯
벼랑에서 벼랑을
허공에서 허공을 돌파하며

홍수가 휩쓸고 간 뒤에도
붉은 목젖을 돋우며
더운 살꽃을 피워내며

오뉴월 불 든 사랑을
저리 천연스레 완성하고 있다니!

꽃의 살갗이 바람 드는 것과
꽃의 마음이 붉게 멍드는 것과
꽃의 목울대에 비린내가 차오르는 것과
꽃의 온몸이 저리 환히 당겨지는 것까지

바람을 기다리는 일

찔레와 포플러와 길과 물과 함께 걷던
늘어진 버드나무 밑에 함께 기대앉던
자운영과 골풀을 쓰러뜨리며 함께 눕던
우포 물 언저리 빗방울로 맺히던

물위에 초록 기둥을 세우고
좀개구리밥꽃처럼 작은 방을 들이고
소금쟁이 지나는 길목에 덜컥 꽃을 피우고
개구리마저 튀어 오르는 물밑으로 열매를 맺고

큰물이 흔쾌히 거두어갈 때까지
빗방울이 화석이 될 때까지
늪이 뭍이 될 때까지
발목을 쥐고 있는
물에 뜬 사랑

눈이 머는 일
마음이 먼저 먹히는 일
먹먹한 물이 되는 일
저 갯버들 가지에 치마를 걸어놓고
오지 않는 바람을 기다리는 일

고여 있으되 오래 썩지 않는 일

여기 중독된 불멸

공전

별들로 하여금 지구를 돌게 하는
지구로 하여금 태양을 돌게 하는
끌어당기고
부풀리고
무거워져
문득, 별을 떨어지게 하는
저 중력의 포만

팔다리를 몸에 묶어놓고
몸을 마음에 묶어놓고
나로 하여금 당신 곁을 돌게 하는
끌어당기고
부풀리고
무거워져
기어코, 나를 밀어내게 하는
저 사랑의 포만

허기가 궤도를 돌게 한다

늦도록 꽃

앉았다 일어섰을 뿐인데

두근거리며 몸을 섞던 꽃들
맘껏 벌어져 사태 지고

잠결에 잠시 돌아누웠을 뿐인데

소금 베개에 묻어둔
봄 마음을 훔친
저 희디휜 꽃들 다 져버리겠네

가다가 뒤돌아보았을 뿐인데

흘러가는 꽃잎이라
제 그늘만큼 봄날을 떼어가네

늦도록 새하얀 저 꽃잎이
이리 물에 떠서

검은 타이어가 굴러 간다

한 하늘을 떠메고
한 가족을 떠메고
한 몸을 떠메고 굴러 간다
길바닥에
제 속의 바람을 굴리면서
끌어 올려도 밀리는 오르막길을
버팅겨도 밀리는 내리막길을
제 몸 깊이
길의 상처를 받아내며 굴러 간다
받아들이면서 나아가는 저 둥근 힘
돌아갈 길이 멀수록
제 속을 더 빈 바람으로 채운
한 떼의 검은 타이어들이
한나절의 피크닉을 끌고 간다
헛, 돌며 돌진하는
한 허공들이 일사불란하게 굴러 간다
저무는 모래내 사거리를
눈에 불을 켜고
닳고 닳아 고무 타는 냄새를 피우며

푸른수염고래

밤이 바다를 거슬러 높아질 때
젖은 바다날개 소리를 내며
조용히 수면 위로 부상하는 긴수염고래
백 살 난 지느러미로 모래를 휘저으며
불길 같은 꼬리로 바위를 후려치며
긴 수염을 성난 바다의 목구멍에 밀어 넣어
바다의 깊은 울음을 건져 올렸던가
바다의 담벼락이 하늘 높이 일어서
둥근 달을 베었던가 베어진 달이 떨어지며
긴수염고래의 횡경막에 박혔던가
긴 휘파람 소리
푸른 피가 분수처럼 치솟았던가
수평선에 쌓인 달빛을 향해 꼬리를 돌렸던가
긴수염고래의 핏줄기가 새벽별로 부서지며
떨고 있는 떡갈나무 아래로 흘러내렸던가
밤이 바다를 거슬러 높아질 때
바다가 백 년을 품고 있던 긴수염고래를 내밀고는
왜 빠르게 삼켜버렸는지는 비밀이다
바다가 어떤 대가를 치렀는지는 비밀이다
썰물이 진다 이제 눈꺼풀을 걷는 바다여,
청춘의 조난자로 하여금 울게 하라
삼켜버렸기에 한없이 푸른 것들을

사과 껍질을 보며

떨어져 나오는 순간
너를 감싸 안았던
둥그렇게 부풀었던 몸은 어디로 갔을까
반짝이던 살갗의 땀방울은 어디로 갔을까
돌처럼 견고했던 식욕은 다 어디로 갔을까

식탁 모퉁이에서
사과 껍질이 몸을 뒤틀고 있다
살을 놓아버린 곳에서 생은 안쪽으로 말리기 시작한다

붉은 사과 껍질은
사과의 살을 놓치는 순간 썩어간다
두툼하게 살을 움켜쥔
청춘을 오래 간직하려는 과즙부터 썩어간다

껍질 한끝을 집어 든다
더듬을수록 독한 단내를 풍기는
철렁, 누가 끊었을까 저 긴 기억의 주름

까맣게 시간이 슬고 있다

:: 심사평

김광규 장엄하고 섬세한 음악 소리를 내는 몽골의 악사

　　　　—뜻을 몰라도 우리의 귓가를 감도는 자기만의 목소리를 지닌 시인

김남조 느슨함과 넉넉함이 넘친 시적 시계視界

　　　　—지도地圖 구조의 풍성함이 돋보이는 작품

김성곤 믿음직스러운 역량과 능숙한 언어 구사

　　　　—스케일이 크고 방대하며 삼라만상을 포용하고 있는 시

김승희 독자의 감성에 호소하는 구조를 차단하는 시

　　　　—문화의 사막에서 헤매는 현대 젊은이들의 모습을 비추는 작품

유안진 웅장하고 거침없는, 울림이 큰 시

　　　　—정형화된 기존의 작품 경향을 향해 선전포고를 해오는 시

장엄하고 섬세한 음악 소리를 내는 몽골의 악사

이번에 본심 대상에 오른 시 〈아무르 강가에서〉도 일종의 유목민 체험
이고, 비슷한 소재가 다른 작품에도 등장한다. 이국정취의 매력은 그 나
름대로 독특한 아름다움을 가지고 있다.

김광규(金光圭 · 시인/한양대 교수)

소월시문학상이 생겨난 지 어느새 18년이 지났다. 《문학사
상》이 배출한 시인들도 이제 환갑을 넘긴 노년으로부터 혈기
방장한 젊은 시인에 이르기까지 폭넓은 연령층을 망라하게
되었다. 이 가운데 나이 40세를 전후한 시인 두 사람이 예심
통과 명단에 들어 있었고, 이견 조정을 거쳐, 그중의 한 명이
제19회 소월시문학상 대상 수상자로 결정되었다. 박정대 시
인이다.

박 시인이 근래에 발표한 작품으로 〈馬頭琴 켜는 밤〉을 읽
은 적이 있다. 몽골 초원의 여행 추억을 담은 감미로운 산문시
였다. 이번에 본심 대상에 오른 시 〈아무르 강가에서〉도 일종
의 유목민 체험이고, 비슷한 소재가 다른 작품에도 등장한다.
이국정취의 매력은 그 나름대로 독특한 아름다움을 가지고 있

다. 그러나 시인의 언어가 숨 쉬는 현실과 유리되면, 〈등려군〉의 유행가에 탐닉하는 감상에 빠지거나, "러시아보다 더 깊은 밤"과 같은 헛된 비유에 머물 수도 있다. 비록 "폐허의 침대 위"를 뒹굴며 "끊임없이 반복되는 노래"라 할지라도, 〈망기타〉를 들고, "끊어진 기타 줄을 구하러" 가거나, 아니면 〈전등사〉를 찾아 나서는 것이 낫지 않을까. 물론 이것은 평자의 기우일 수도 있다. 박 시인은, 단 두 줄의 현으로 장엄하고 섬세한 음악 소리를 내는 몽골의 악사처럼, 뜻을 몰라도 우리의 귓가를 감도는 자기의 목소리를 지니고 있기 때문이다. 하지만 외마디 소리나 아포리즘 같은 단문을 100여 개씩 늘어놓는 불연속의 〈室內樂〉 연주는 절제해야 할 것이다. 김소월의 시에서 우리는 많은 것을 배워야 한다. 모두가 선망하는 소월시문학상을 받았으니, 앞으로 더욱 마음을 가라앉히고 소리를 가다듬어 큰 시인이 되리라 믿으며, 격려의 박수를 보낸다.

원로 시인 김춘수 선생께 특별상을 드리게 된 것은 수상자보다 《문학사상》의 영예라고 생각된다. 우리의 현대 시문학사에 이른바 무의미 시의 지평을 연 김 시인은 후진들보다도 왕성한 노익장의 시작 활동을 지속하고 있으며, 최근에 발표한 〈앵오리〉〈새 두 마리〉〈쥐오줌풀〉 등에서 사물과 언어의 관계를 토속적 시공에서 재정립하고, 사랑과 신의 의미를 어둠 속 백목련처럼 형상의 차원에서 제시하고 있다. '김춘수 시' 라는 문학적 정상에서 이제 팔순에 접어든 노시인의 만수무강과 변함없는 건필을 기원한다.

느슨함과 넉넉함이 넘친 시적 시계視界

박정대 씨의 시는 시적 시계視界가 넓어 지도地圖 구조가 풍성함이 좋았고 그것을 적실 만한 넉넉한 우수憂愁 같은 게 엿보여 젊으면서도 어른스러운 시점에 이르렀는가 싶어 이 점이 높이 평가할 만했다.

김남조(金南祚 · 시인/숙명여대 명예교수)

소월시문학상은 19회째를 맞는 올해에 이르기까지 문학사상사가 치밀하고도 엄정하게 이 상을 관리해 왔기에 이 시대 유수의 공신력 있는 상 제도로 성숙한 점에 경하를 보낸다.

심사위원들이 몇 차례 생각하는 바를 이야기하는 사이 시쓰기가 어렵다는 통념이 새삼스럽게 되뇌어지곤 했었다. 착상에서 형상화까지가 각기 고통스러웠으려니와 그 최선의 결과물인 작품이 읽는 이의 견해에 따라 강점과 허점이 엇갈리게 지적되기도 하는 다양한 해석의 여지를 두고 시가 난업임을 다시금 통감했다는 얘기가 되겠다.

내 경우에는 이정록, 이재무 시인들의 작품이 좋았으나 처음부터 평가권 내에 함께 들어와 겨루었던 박정대 시인의 작품도 상당히 취할 바가 많음을 인정하기에 흔쾌히 대상 결정에 합의하였다.

박정대 씨의 시는 시적 시계視界가 넓어, 지도地圖 구조가 풍성함이 좋았고, 그것을 적실 만한 넉넉한 우수憂愁 같은 게 엿보여 젊으면서도 어른스러운 시점에 이르렀는가 싶어 이 점이 높이 평가할 만했다.

　시인의 연령층 등 여러 한계를 넓혀 새로이 시상의 계보를 설정하게 된 특별상은 김춘수 선생에게 드리기로 결정했는데 이 또한 주변에서 보기에 매우 아름다울 듯싶다.

믿음직스러운 역량과 능숙한 언어 구사

박정대는 깊은 내면에서 시작되지만, 곧 밖으로 뛰쳐나와 이윽고 우주를 향해 뻗어나가는 시를 쓰는 시인이다. 그의 시들에서 여행 모티프가 자주 발견되는 것도 바로 그런 이유에서일 것이다. 그래서 박정대의 시는 스케일이 크고 방대하며, 삼라만상을 넉넉하게 포용하고 있다는 느낌을 준다.

김성곤(金聖坤 · 문학평론가/서울대 교수)

"삼 년 동안이나 자기 시대에 어울리지 않게/그는 죽은 시를 되살리려고 노력했다/전통적인 의미의 시적 숭엄미를 유지하려고/그러나 처음부터 그건 잘못된 일이었다." 산문의 시대, 그리고 기계 문명의 시대에 태어난 자신의 운명을 개탄했던 미국 시인 에즈라 파운드는 20세기 초에 쓴 〈휴 셀윈 모벌리〉에서 이렇게 노래하고 있다. 그로부터 한 세기 후인 21세기 초에도 시인들은 여전히 비슷한 탄식을 하고 있다. 그럼에도 우리 시인들은 좌절하지 않고 주목할 만한 좋은 시들을 계속해서 산출해 풍성한 수확을 거두고 있다.

본심에 오른 작품들은 대체로 다 좋았지만, 그중에서도 정끝별과 박정대의 시들을 주목해서 보았다. 정끝별은 일상의 사소한 것들에서 삶의 진리를 발견하는 데 남다른 감각을 갖고 있는 시인이다. 복도를 걸어 나오면서, 나무나 단풍 옆에서, 또는 사과 껍질을 바라보면서 그는 인생의 의미와 본질을 성찰하고 관조한다. 그런 의미에서 정끝별은 내면 지향의 시인이며, 주변으로부터 시작해 점차 사물의 본질과 핵심을 파고드는 심층 탐색을 시도하는 시인이다. 예컨대 서로의 팔을 베고 잠든 가족의 모습을 묘사한 〈저린 사랑〉이나 〈여름 능소화〉는 정끝별의 그런 시적 재능이 잘 드러난 좋은 시라고 생각되었다.

박정대는 깊은 내면에서 시작되지만, 곧 밖으로 뛰쳐나와 이윽고 우주를 향해 뻗어 나가는 시를 쓰는 시인이다. 그의 시들에서 여행 모티프가 자주 발견되는 것도 바로 그런 이유에서일 것이다. 그래서 박정대의 시는 스케일이 크고 방대하며, 삼라만상을 넉넉하게 포용하고 있다는 느낌을 준다. 그렇다고 해서 그의 시에 치밀한 구성과 치열한 고뇌가 결여되어 있는 것은 결코 아니다. 다만, 그의 시에는 정치한 미시적 관찰보다는 거시적인 관조의 여유가 엿보인다는 것이다.

박정대의 시를 읽을 때 가장 인상적인 것은 시인의 능숙한 언어 구사와 믿음직스러운 역량이다. 〈아무르 강가에서〉나 〈전등寺〉 또는 〈워터멜론슈街에서〉나 〈그 깃발 서럽게 펄럭이는〉은 모두 시인의 뛰어난 시적 감수성과 리드미컬한 언어, 그리고 삶에 대한 심오한 성찰과 사물에 대한 폭넓은 시야가 돋보이는 주목할 만한 시라고 생각되었다. 그런 의미에서, 박정대는 서정시이면서 동시에 서사시적 분위기도 갖고 있는 감동적인 대형 시들을 써내는 이 시대의 특이한 시인처럼 보인다.

뛰어난 시어 구사력과 넉넉한 역량, 그리고 앞으로의 가능성을 높이 평가해 박정대를 제19회 소월시문학상 대상 수상 시인으로 선정한 것이다. 언어 구사의 천재였던 소월의 전통을 이어받아 장차 한국 시단에 새로운 바람을 불러일으키는 뛰어난 시인이 되기를 바란다.

독자의 감성에 호소하는 구조를 차단하는 시

박정대의 시는 독자의 가슴을 울리는 서정적 독창성보다는 오히려 독자
에게 감성적으로 가는 텍스트의 호소 구조를 차단하고 있는 독특한 구
조를 가지고 있다. 그의 텍스트는 두 겹의 차원을 지닌다. 하나는 개인
적 체험의 차원이고 또 하나는 인유된 텍스트의 차원이다. 그러한 두 겹
으로 성기게 포개진 포스트모던적 잡종성의 공간이 그의 시 텍스트가
된다.

김승희(金勝熙 · 시인/서강대 교수)

얼마 전 텔레비전에서, 어느 방송인지는 잊어버렸지만 〈컬
처클립〉인가 하는 함민복 시인이 출연한 프로그램을 보았다.
그때 시인이 한 말 중 잊혀지지 않는 게 있다. "사람의 손금 속
에는 시가 들어 있다"는 말이었다. 그 말을 듣고 내 왼손바닥
을 펼쳐보았다. 아닌 게 아니라 비스듬하게 '시'라는 글자가
왼쪽 손바닥 속에 새겨져 있었다. 오른쪽 손바닥을 펼쳐보았
다. 거기에도 마치 왼쪽 손바닥을 거울로 비춘 듯 '시'라는 글
자가 반대로 새겨져 있었다. 그랬구나. 사람은 왼손, 오른손바
닥에 '시'라는 글자를 새겨가지고 다니는 동물이구나…… 이
런 생각을 했다. 등잔 밑이 어두워서 단지 이 시대의 사람들이
그것을 잊어버리고 있을 뿐이라고. 자본이 종교와 국가보다도

더 위에서 군림하는 어느 모래밭 위에서도 사람이 사람인 이상 두 손을 절단해서 내버리기 전에는 '시'를 버릴 수는 없다는 이상한 근본적인 자신감. 그것은 사람과 시의 운명론이다.

그러나 사람이 손금 속에 '시'를 가지고 있다고 하여 시가 생리처럼 자연스러운 목소리로 나와야 하는 것은 아니다. 시학적 측면에서 현대시란 오히려 말의 생래적 자연스러움을 어떻게 배반할까,를 고민하는, 슈클로프스키의 '훼방 형식'을 오히려 의도적으로 강조하는 일탈의 언어가 된다고 할 수 있다. 그만큼 현대시는 생활로부터, 자연스러운 경험과 재현의 언어로부터 멀어져왔으며 멀어져가고 있다. 현대시는 순혈純血의 서정이라기보다는 잡종적 공존을 지향한다. 시 텍스트는 자연스러운 경험이나 직접적인 생활로부터 나오는 것이 아니라 오히려 인유引喻를 많이 사용함으로써 다른 시 텍스트나 문화 텍스트의 상호 영향 속에서 탄생하기도 한다. 그리하여 포스트모더니즘적 관점에서 '모든 텍스트는 상호 텍스트다'라고까지 말할 수 있게 되는 것이다.

그런 시각에서 나는 박정대의 시편들을 주목했다. 박정대의 시는 독자의 가슴을 울리는 서정적 독창성보다는 오히려 독자에게 감성적으로 가는 텍스트의 호소 구조를 차단하고 있는 독특한 구조를 가지고 있다. 전통적인 시각에서 본다면 완성도라는 면에서 실격된, 미숙하고 산만한 시처럼 보이기도 한다. 그러나 〈쉬핑 뉴스〉·〈그런 건 없겠지만, 사랑이여〉·〈밀롱가에서〉·〈워터멜론슈街에서〉·〈室內樂〉 등이 기대고 있는 문화적(팝송이나 영화, 보르헤스의 텍스트, 탱고 형식 등) 인유들에서 실존의 사막보다는 문화의 사막에서 더 헤매고 있는 현대 젊은이들의 심리적 징후를 발견한다. 그리하여 그의 텍스트는 두 겹의 차원을 지닌다. 하나는 개인적 체험의 차원이고 또 하나는 인유된 텍스트의 차원이다. 그러한 두 겹으로 성기게 포개진 포스트모던적 잡종성의 공간이 그의 시 텍스트가 된다. 새로운 방법론이 반드시 좋은 시인을 만드는 건 아니지만, 이상하게도 원숙하게 겉늙은 한국 시단에서 독특한 시를 쓰고 있는 박정대를 대상 수상자로 결정하는 데 나는 주저하지 않았다.

웅장하고 거침없는, 울림이 큰 시

박정대의 시는 무엇보다도 작품의 스케일이 웅장하고 거침없었다. 읽은 다음의 울림 역시 그만큼 클 수밖에. 거듭 읽는 사이, 잘 다듬어진 단정한 기존의 작품 경향을 향해, 선전포고를 한다는 느낌을 받지 않을 수 없었다. 기실 시란 어떠해야 한다는 전제도, 정형도 없다. 다만 독창적인 신선함(novelty)으로 천千의 얼굴 만萬의 모습을 할 수 있을 뿐.

유안진(柳岸津 · 시인/서울대 교수)

한 시인당 적게는 15편에서 많게는 20편이 넘는, 본심에 오른 분의 작품은 한결같이 우수했다. 문단 연조가 상당한 중견 시인에서, 심사위원들이 한 번도 만난 적 없는 비교적 젊은 시인들까지 폭넓게 걸쳐져, 자연스럽게 작품 중심이 될 수밖에 없었다.

박정대 시인이 특히 생소했다. 박 시인이 누구이며, 어떤 사람인지를 거의 모든 심사위원들이 알지 못했다. 다만, 90년대에 《문학사상》으로 등단했고, 지난해 김달진문학상을 받았다는 정보가 고작이었는데, 그것도 지면에서 얻은 것일 뿐, 아무도 이 시인을 만난 적이 없었다. 바로 이 점이 작품 위주의 심사가 될 수밖에 없도록 작용했다.

무엇보다도 작품의 스케일이 웅장하고 거침없었다. 읽은 다음의 울림 역시 그만큼 클 수밖에. 나로서는 〈전등寺〉와 〈아무르 강가에서〉가 가장 마음에 들었다. 처음에는 〈워터멜론슈街에서〉를 비롯한 몇 작품들은, 소화되지 못한 듯 거칠고 설익은 내면의 이미지를 마구 토해 낸 듯하고, 숨가쁘게 이어지는 번호와 단문과 문장으로 태어나기를 거부한 구절들의 연속이 매우 부담스러웠다. 그러나 거듭 읽는 사이, 잘 다듬어진 단정한 기존의 작품 경향을 향해, 선전포고를 한다는 느낌을 받지 않을 수 없었다. 기실 시란 어떠해야 한다는 전제도, 정형도 없다. 다만 독창적인 신선함(novelty)으로 천千의 얼굴 만萬의 모습을 할 수 있을 뿐. 이 시인의 이런 성향이 신선하고 대담하고, 말맛이 있는 언어의 마술로서의 시의 기능과, 서정시도 웅장하고 대담무쌍할 수 있다는, 새 지평을 열어 보인 가능성으로 평가될 수 있었다.

이재무 시인의 〈물꽃〉이나 〈호출〉을 비롯한 정끝별·이정록 시인의 작품들 모두가 일가를 이룬 격조와 품위로 아름다웠다. 박정대 시인의 무한한 가능성을 크게 기대하며, 진심어린 축하를 보낸다.

또한 특별상 수상자로 추대되신 김춘수 선생님께서는, 문단 대선배 원로로서 높은 연세에도 많은 훌륭한 작품을 계속 보여주시어, 선생님의 이런 모습이 후학들에게 아름다운 본보기가 된다는 일치된 의견으로, 후학들의 경의와 애정을 표현하였다. 앞으로도 더 건강하시고 여전한 작품 활동으로 후학들을 독려해 주시기를 바라 마지않는다.

제19회 소월시문학상 수상작품집

초판 1쇄—2004년 5월 30일
초판 3쇄—2017년 9월 28일

지은이 — 박정대 외
펴낸이 — 임지현
펴낸곳 — (주)문학사상
주 소 — 서울특별시 송파구 중대로38길(05720)
등 록 — 1973년 3월 21일 제 1-137호

편집부 — 02)3401-8540
팩 스 — 02)3401-8741
홈페이지 — www.munsa.co.kr
이메일 — munsa@munsa.co.kr

* 잘못 만들어진 책은 구입하신 서점에서 바꾸어 드립니다.
* 값은 표지 뒷면에 표시되어 있습니다.

ISBN 978-89-7012-638-8 03810